티베트에는
포탈라 궁이 없다

심혁주
지음

KB140229

저자의 말

1

이 이야기는 <냄새와 그 냄새에 관한 기묘한 이야기>(궁리, 2021)에 관한 초고의 일부였습니다. 분량이 너무 많고 내용의 중복감도 있었지만 무엇보다도 드러내고자 하는 방향을 모호하게 만드는, 지나치게 뜨거운 상상력과 괴이한 내용들이 가득하여 드러낼 수밖에 없었습니다. 하지만 난 이런 글쓰기에 작은 기쁨을 느꼈습니다. 누군가의 눈치를 보며 쓴 글이 아니고, 그래서 읽어보면 아시겠지만 내용은 그곳에 대한 여행을 부추기는 동경과 찬사가 아닙니다. 오늘날 티베트가 처한 어둠과 안타까움에 대한 중얼거림과 혼잣말에 가깝습니다. 그때 내가 본 라싸는 하늘 아래 신성한 땅이 아니라 평지에서 올라온 군인, 경찰, 트럭, 오성홍기, 콜라, 술, 담배, 신발, 유행, 소비 그리고 이방인들의 혼탁한 소리와 냄새가 가득한 설도(雪都)였습니다. 누군가 이 이야기를 끝까지 읽게 된다면 앞서 말한 <냄새와 그 냄새에 관한 기묘

티베트에는
포탈라 궁이 없다

한 이야기>에 관한 책도 읽어보길 바라며, 또 그 냄새에 관한 책도 끝까지 읽어진다면 <소리와 그 소리에 관한 이야기>(궁리, 2019)도 읽어보길 바라는 마음입니다. 서로 떨어져 있지만 하나의 이야기 입니다.

이 책의 표지로 '발' 그림을 허락해주신 화가 허윤희 선생님께 감사함을 전합니다.

2

티베트가 녹고 있습니다.

관광객들이 무리지어 올라오고
트럭이 시멘트를 실고오고
오성홍기가 도처에 휘날리고
핵실험을 하고
거대한 천문대가 세워지고
기지국을 세우고
전봇대를 박고
광물을 캐내고

지하 가스를 뽑아내고
포탈라 궁은 주인을 잃어버리고
군인이 들어오고
탱크가 진입하고

세계에서 가장 높은 스키장과 쇼핑몰이 자리를 잡고 있습니다.
맥도널드, 스타박스, KFC도 올라올 준비를 하고 있습니다.

그리하여

설산이 녹고
호수가 오염되고
별이 희미해지고
달이 비대해지고
동물이 사라지고
식물이 말라가고 있습니다.

티베트를 살리는 방법이 있을까요?
그건, 저를 포함한 지구의 어느 누구도 그곳에 (올라)가지 않는
겁니다.

**차
례**

처음
본 새

1

놀란상송. 그는 해부사의 제자다.
나는 그에게 부탁했다.

멀리서라도 볼 수 있게 해달라고,
아무것도 찍지 않을 것이며,
누구에게도 발설하지 않을 거고,
그저 보기만 할 거라고,
그러니까, 나를 그곳으로 데리고 가달라고.

그는 곤란한 표정을 지었다.

그건, 어렵다고,
이방인은 볼 수 없다고,
가면 안 된다고,
만일 유족에게 발각되면 돌로 맞아 죽을 거라고,
만일,
중국 공안에게 발각되면
다 죽는다고.

그는 손을 저으며 그렇게 말했다.

2

한 달 후. 우울증에 시달리는 달을 보는 밤에 그가 내 방으로 왔다. 야크가 별을 올려다보며 입을 벌리고 있는 보온병을 내밀며 그가 말한다.

내일 아침에 올게요.

다음 날 아침, 어지러움을 느껴 미간을 엄지손가락으로 누르고 있을 때, 노크도 없이 그가 방문을 연다. 그의 등 뒤로 숨어있던 찬바람이 방안으로 파고든다.

그가 문밖에 서서 말한다.
스승님이 같이 오래요.
지금요? 나는 일어서며 묻는다.
아무것도 가지고 가면 안 돼요.
망원경도 안 되겠죠?
안 돼요. 마스크 있으면 그걸 챙기세요.
마스크요? 나는 눈을 동그랗게 뜬다.
… 냄새가 나요. 그곳은.

3

(해부터) 입구를 지키는 라마승의 눈알이 표범의 그것과 비슷하다. 그가 가슴으로 나를 막아선다. 옆에 있던 놀란샹송이 앞으로 나서며 뭐라고 한다. 그가 비켜선다. 그는 나에 대해서 뭐라고 했을까. 친구라고 했을까. 밖에서 안으로, 경계의 안으로 들어선다. 크게 둘러보더니 놀란샹송이 귀엣말을 한다.

아직, 시작 안 했습니다.

앳된 볼에 염소의 눈빛을 가진 놀란샹송. 그는 7살에 이 사원에 올라왔다고 했다. 아빠가 야크 두 마리를 팔아서 데리고 왔다고 했다. 아빠랑 헤어질 때 너무 울어서 폐가 아플 지경이었다고 했다. 지금이라도 아빠와 엄마가 있는 초원으로 돌아가고 싶다고 했다. 야크 등에 타고 놀고 싶다고 했다. 늦잠을 자고 싶다고 했다. 빵을 먹고 싶다고 했다. 밤이 무섭다고 했다. 오줌을 싼다고 했다.

그가 나무 밑에서 도끼를 들여다보고 있는 스승에게 뛰어간다. 그가 가는 방향에 원형의 돌이 보인다. 맷돌처럼 생긴 돌이다.

부우웅~

나팔 소리가 길게 나더니 나무 밑에 앉아있던 할아버지가 종을 흔들며 경문을 읽기 시작한다. 해부의 시작을 알리는 거라고, 어느새 내 옆으로 다가온 놀란샹송이 알려준다. 원형의 돌 주변에 시신을 감싼 담요가 보인다. 그 반대편에 비스듬히 선 유족들도 보인다. 구름이 시신 위로 미끄러진다.

해부사가 손을 들어 제자들을 부른다. 네 명의 제자 중, 놀란샹송이 제일 어리다. 해부사를 중심으로 그들은 둥그렇게 둘러선다.

잠시 후, 제자들은 각자의 방향으로 뛰어가고 해부사는 시신이 놓여있는 쪽으로 걸어가 시신을 감싼 빨강 꽃무늬 담요를 물끄러미 바라보더니 손을 치켜 든다. 물고기의 이빨 같은 갈고리로 담요를 동여맨 끈을 벤다. 담요가 벌어지고 어떤 형체의 윤곽이 드러난다. 나는 혀 밑에 고인 침을 삼킨다. 몸이 웅크려져 손이 뒤로 묶여있는 시신이 보인다. 나는 뒤로 물러서며 몸을 움츠리고 유족들은 한 발 앞으로 나온다.

첫 번째 시신.
해부사가 시신의 이마에 오른쪽 검지 손가락을 대고 누른다.
가위와 칼.
머리카락을 자르고 민다.
머리카락은 기억이다.

헐렁한 어깨.
뒤틀린 척추 위에 존재하는 어깨.
한평생 어깨를 얼마나 돌렸을까.
도끼로 짧은 스윙을 하듯 찍는다.
검은 피가 불룩 나온다.
밝은 조명, 태양이 검은 피를 조준한다.

늘어진 목.
오래된 나무 밑동을 치듯이 도끼는 목을 반복적으로 친다.
덜렁거리는 목은 어깨에서 좀처럼 떨어지지 않는다.
신경줄과 근육의 저항 때문일까.
해부사는 땀 때문인지 눈을 찡그린다.

칼로 배를 가른다.
삼각 주걱으로 배 안을 긁는다.
매가리 없는 내장이 쏟아져 나온다.

해머가 공중에 솟구치더니 갈비뼈로 향한다.
살과 뼈가 분리된다.
피, 살, 진액, 신경줄기, 뭉텅거림이 바닥에 흩어진다.

노인의 삶은 엉덩이다.
생강처럼 오그라든 두 쪽의 고환.
발라진 엉덩이의 냄새가 허공을 배회한다.

인간의 몸 안에 저렇게 많은 덩어리들이 자리하고 있다니. 창
자와 심장은 자라지 않는 걸까. 어느 순간부터 멈추는 걸까. 창조

주의 손길, 신의 능력은 인간 몸속에 모두 숨겨져 있음을 생각한
다. 그렇지 않고서야 어떻게 저렇게 많은, 복잡한, 다양한, 촘촘
한 장기들을 몸속 곳곳에 숨겨놓을 수가 있을까. 그런 면에서 몸
은 놀라운 포장력을 가지고 있다. 숨기고 싶은 것은 모두 가두어
둘 수 있다.

두 번째 시신.
수군대지 마.
떠들지 마.
말. 말하지 마.
해부사가 제자들에게 화를 낸다.

시신은 조그맣다.
작은 아기 새를 떠올리게 한다.
해부사가 주저한다.
소녀가 눈을 떴을까?

소녀의 치구가 허공으로 치켜진다.
소녀의 가슴이 바닥을 향하게 한다.
창백한 등골을 가른다.
한 여인이 얼굴을 돌린다. 엄마일까?

피. 피가 빠져나간 인간의 몸은 보잘것없다.
칙칙하고 보기 싫은 크림색 덩어리
몸의 색은 심장에서 나온다.

피가 새나간 몸은 검은 동굴이다.
피가 사라진 몸은 아무것도 과시할 게 없다.

신은 인간의 몸을 창조하고 스스로도 놀라며 경탄했다. 이걸 어쩐다지? 너무도 완벽한 피조물이잖아. 그러다 신은 고민하기 시작했다. 안 되겠는 걸. 나와 차이가 없잖아. 나는 신이고 이 피조물은 인간인데…. 그래 그거야. 죽음. 죽음을 주자. 어떤 인간도 영원히 살 수 없게 만들자. 그래야 인간들은 나에게 무릎을 굽힐 것이다. 눈물을 흘리고 기도할 것이다. 인간은 죽어야 한다. 죽어야 아름답다.

세 번째 시신.
해머가 힘겹게 허공으로 오른다.
드러난 광대뼈를 조준한다.

여인이다.
젖가슴이 떨어져 나온 것을 보면 알 수 있다.
볼품없는 성기도 없지 않은가?
손톱 밑에서는 야크의 젖 냄새가 나고 발톱 빠진 발에서는 초원의
풀 냄새가 흘러나온다.

저건 심장인가?
굳어진 갈색의 덩어리.
주먹 하나 정도 크기의 고르지 못한,

야크의 똥처럼 굳어진,
잿빛이 감도는,
몸의 내부이자 상징인 그것.
움직이지 않는, 펄쩍거리지 않는 심장은
야크의 똥과 다를 바 없다.

해부사가 허리를 펴고 우박처럼 흘러내리는 땀을 손바닥으로 민다.

4

언덕 위에서 이 광경을 바라보던 새들이 뒤뚱거린다. 군대가 행과 열을 맞춰 전진하듯 새들은 날개로 간격을 정비하며 시신 쪽으로 다가간다. 뒤뚱거리는 모습이 아이의 걸음걸이와 흡사하다.

해부사가 고함을 지른다. 아직 아니라고, 좀 더 기다려야 한다고. 어서, 새를 막으라고 손을 막 흔든다. 제자들과 유족들이 어리둥절하더니 나뭇가지를 들고 막아선다. 열 명 남짓의 인간과 수백 마리의 새가 마주한다. 시간이 지날수록 열세를 느낀 인간들은 뒤로 물러선다. 놀란샹송이 나를 보더니 고개를 끄덕인다. 머뭇거리다 나도 끼어든다.

제발, 오지 말라고
아직 아니라고
기다려 달라고
밥은 곧 된다고
애원하듯 모두가 새들의 진군을 막아선다.

돌격해 오던 새가 나를 보더니 눈알을 부라린다.
나에게 비키라고 명령한다.
이방인은 참견 말라고
가로막으면 너도 먹을 거라고
날개를 크게 퍼덕인다.

모두 지쳐 쓰러지기 직전 해부사가 우리 쪽을 보고 모자를 벗
는다. 와도 된다는 신호. 우리는 힘겹게 비켜선다. 길이 트이자 새
들이 힘차게 날아오른다. 나는 땅바닥에 주저앉는다. 아침에 마신
물이 목을 타고 역류한다. 그새 늙어버린 태양이 나에게 말한다.

죽음은 삶의 대가지!

1부

0

북경서역(北京西域). 라싸로 올라가는 칭짱(靑藏)열차는 잠시 후 이곳에서 출발한다. 사람들이 여기저기서 나오고 사라지며 공기를 무너뜨린다. 내 앞에서 엄마의 손을 잡은 아이가 걸어간다. 아니 끌려간다. '엄마, 아이스크림이 먹고 싶어요.' 하는 얼굴로 엄마를 쳐다보는 아이의 눈에는 눈물이 고여있다. '어서 따라와. 그러다 시간 놓치겠어.' 엄마는 아이의 눈을 묵살하며 발걸음을 재촉한다. 나는 아이를 바라보며 생각한다. 엄마에게 전화를 해볼까.

엄마, 어젯밤 말이야,
어항의 물고기가 태양을 향해 헤엄쳐 가는 꿈을 꿨어.

전화를 걸어 엄마에게 그렇게 말할까. 어렸을 적, 친구들과 술래잡기를 하다가 혼자 깊은 웅덩이에 빠진 적이 있었다. 달이 사라질 때까지 나는 그곳에 남겨졌다. 소리를 질러도 울어도 친구들은 모두 사라졌고 엄마는 나를 찾지 않았다. 깊은 밤이 되자 나의 코와 귀는 예민해졌다. 혹시 누가 와서 부르지 않을까. 땅속 지렁이라도 기어 와서 나의 홀로된 냄새를 엄마에게 전달해 주지 않을까. 그때 나는 스스로 도저히 기어 나올 수 없는 웅덩이

에서 어떤 두려움과 죄책감이 밀려옴을 느꼈다. 그러면서 흙 속
에서 꿈틀거리며 올라오는 지렁이를 나뭇가지로 누른 일이 떠올
랐다. 지렁이의 입에서는 하얀 거품이 부글거렸고 눈물이 고인
것이 보였다. 그때 그 지렁이의 얼굴에서는 어떤 분노와 억울함
의 표정이 보였는데 거기에 비례하는 냄새도 흘러나왔다.

1

　얼마나 가고 싶었기에 그 높은 곳에 철길을 냈을까. 새도 날아
가는 자신의 창공에 길을 내지 않는데, 인간은 길에 도로를 내고
표시를 한다. 이제 여기는 나의 영역, 나의 소유, 나만이 다니는
통로라고 경고한다. 열차가 곧 들어온다는 표시등이 떴다. 나는
눈알에 힘을 주고 진입하는 열차를 쳐다보았다. 괴상하게 생긴 눈
동자, 어떤 육체에도 어울리지 않는 수염, 자존심이 강하고 제멋
대로인 비늘을 과시하며 열차는 터널을 통과해서 내 앞에 섰다.

2

10호 차. 4인 1실. 내 자리는 2층이다. 자리를 정리하고 있는데 불쑥하고 바위 같은 얼굴이 올라왔다. 나는 놀랐지만 소리를 지르지는 않았다. 빗자루 같은 머리카락에 광대뼈가 튼튼하게 생긴, 좀 자세히 보면 얼굴과 몸이 원형보다는 마름모에 가까운 사람이 나를 빤히 쳐다본다. 연인으로 보이는 두 명은 오자마자 짐을 부리고 열차를 구경한다고 밖으로 나갔고 파란 눈에 통통한 볼살을 한 남자는 식당으로 가 맥주를 마시고 싶다고 역시 바로 나갔다. 그리고 나머지 한 명인데 그가 까치발을 하고 나에게 말을 건다.

안녕하세요.
네. 반가워요.
난, 홍콩에서 왔습니다.
혼자서요? 나는 기특하다는 듯 물었다.
그럼요. 여행은 혼자 와야 재미있지요. 그의 광대뼈가 움직인다.
난, 대만에서 왔어요.
그렇군요. 지금, 바쁘신가요? 그가 눈을 껌뻑이며 묻는다. 시간이 괜찮으면 이야기 좀 들어줄 수 있나요?

그는 가슴이 넓었고 두꺼워 보였다. 셔츠의 단추는 모두 자기

앞에 놓인 구멍으로 올바르게 들어가 있었는데 배가 불룩해서인
지 윗단추와 아랫단추의 틈 사이로 옷이 벌어진 것이 보였다. 벌
어진 그 틈 사이로 까만 털이 소용돌이치듯 엉겨있는 것도 보였
다. 순간 당황했지만 흥미로운 마음도 일어나 나는 자세를 잡고
그를 바라봤다. 자, 그럼 어디 해봐요 하는 표정으로 그를 바라보
았다. 가까이서 보니 그의 얼굴은 사각형보다는 마름모에 가까웠
으며 피부는 붉은 편이었는데 턱은 살이 쪄 보였다. 배가 나온
것이 방금 호빵을 먹은 눈사람의 모양을 하고 있었다. 그는 자신
의 이름도 말하지 않은 채, 가만히 나를 바라보더니 말하기 시작
했다.

너무 놀라지는 마세요?
그는 두 다리를 조금 벌려 서고 고개를 약간 앞으로 숙였다.
전 놀라는 게 별로 없어요. 걱정 마세요.

그는 안심이 된다는 표정을 짓더니 갑자기 입을 위아래로 크
게 벌렸다. 그러더니 내가 나도 모르게 오우 할 정도로 자신의
입속에서 혀를 길게 빼냈다. 나는 황당했지만 애써 아무렇지도
않은 표정으로 앉아 있었다. 신기하게도 그의 혀는 계속 나왔다.
마치 목구멍에서 똬리를 틀고 있었던 뱀이 무료해서 요가를 한
번 해야겠다는 듯, 그의 혀는 놀랍도록 길게, 오래도록 입 밖으로

기어 나왔다. 그의 붉고 윤기 있는 혀는 어느덧 이층 침대에 앉아있는 내 눈 앞까지 다가와 눈동자를 찌를 것처럼 날름거리고 있었다. 분홍색 혀끝이 정글 속에서 만난 코브라가 허리를 세우고 나팔소리에 맞추어 춤을 추듯 흔들거렸다. 나는 순간 바닥으로 고꾸라질 정도로 어지러웠고 놀랐다. 그때 나의 기분을 눈치 챈 그가 불안한 눈동자를 굴리며 말했다.

미안해요. 놀랐죠.
조금요.
나는 매일 혀가 자란답니다. 마치 괴물처럼.
그는 '괴물'이라는 부분은 작게 말하며 아무도 없는 우리 방을 둘러보았다.
혀가 자라요?
네. 매일 혀가 자라요.
나는 내 혀를 앞으로 쭉 내밀며 이렇게 말인가요? 그를 흉내 내어 보았다.
그는 민망한 듯 가만히 나를 쳐다보았다.
나는 분위기를 만회해 보려고 부드럽게 말했다.
'괴물'은 아닙니다. 실은 방금 보니까 나도 그렇고 하고 싶다는 생각이 들었어요.
혀가 매일 자라서 입을 벌려 말을 할 수가 없을 정도예요. 혀가 입속에서 뱀의 허리처럼 구불거려서 답답해요. 자 봐요.

그는 또다시 나의 동의도 없이 자신의 아가리를 힘껏 벌렸다.

길고 유연한 혀가 쑤욱 하며 목표물을 돌진하듯이 거침없이 나왔다. 나는 순간 악 하며 손을 뒤로 짚었지만 그렇다고 입을 손으로 가리며 과한 동작은 하지 않았다. 그는 장난감 차를 리모컨으로 조정하듯이 혀를 부드럽게 바닥으로 향하게 했다. 혀는 그의 어깨와 가슴 허벅지를 타고 내려가 바닥까지 탄력 있게 늘어졌다. 그리고 그가 얍 하며 다시 혀에 힘을 주자 혀는 네, 주인님 하듯이 곧바로 다시 그의 아가리 속으로 스르르 들어갔다. 그 동작은 내가 이제껏 보았던 그 어떤 차력사나 마법사보다도 생동적이고 멋져 보였다. 그의 아가리 속으로 들어가기 전, 혀는 공중에서 두 번 정도 꽈배기처럼 꼬였다가 다시 풀리면서 우아한 곡선을 보여 주었는데, 그건 마치 세계 최고의 뜀틀 선수가 도마를 짚고 공중에 솟아올랐다가 허공에서 자신이 할 수 있는 최고의 난이도를 구사하는, 그러니까 꺾기, 뒤틀기, 허리 돌리기 등등을 구사하며 두 손을 가슴에 다소곳이 대고 한 치의 흔들림 없이 바닥에 안착하는 그런 모습을 연상시켰다. 그가 그렇게 한 건, 아마도 혀를 바로 입속으로 들여놓으면 재미가 없고 자신이 정말 괴물처럼 보일까 봐, 내가 너무 놀랄까 봐 일부러 그렇게 한 거 아닌가 하는 생각이 들었다.

내가 박수를 치며 브라보! 앵콜을 하지 않자 그는 약간 실망한 듯 자신의 혀를 동화 속에 나오는 마법 양탄자처럼 둘둘 말아 입

안에 저장한 후, 침묵했다. 나의 반응을 기다리는 것 같았다. 사
실 물개가 코로 공을 굴리는 것을 본 것처럼 박수를 치며 와, 대
단한걸요. 한 번 더 다른 동작으로 보여줄 수 있어요? 싶었지만
그럼 그것이 오히려 그를 조롱하거나 웃음거리로 여겨질 것 같
아 나는 최대한 부드러운 표정을 지으며 죽였어요! 하고 말해 주
었다. 그러자 그는 또 당장 울 것만 같은 표정을 지었다.

음식을 많이 먹나요? 나는 다리를 오므리며 물었다.
그럼요. 음식을 엄청 좋아한답니다. 그는 손가락으로 허공에서 도
넛 모양을 지으며 말했다.

그러더니 조심스런 눈빛으로 가슴이 오그라든 나를 올려다보
며 입을 벌렸다. 다행히 혀는 입안에서 길게 나오지 않았다.

우리 집은 부자거든요. 언제든 내가 원하면 먹고 싶은 것을 얻을
수 있어요. 나는 세상의 모든 음식을 입 안에 넣은 것을 아주 좋아
합니다. 혀가 좋아하거든요. 내가 아침에 눈을 뜨자마자 혀는 입
밖으로 나와 귀로 와서는 이렇게 말해요. 아침이니까, 아직 잠이
덜 깼으니까, 달고 시원한 걸 입에 어서 넣어줘 하고 말이죠. 밤에
잠을 자려고 가벼운 잠옷을 입고 양치질을 해도 혀는 아랑곳하지
않고 나에게 또 말하죠. 벌써 자려고? 밤이니까 몽롱해지는 술과
거기에 맞는 고기를 먹어야지, 어딜 벌써 자려고? 하고 말이죠.
나는 매번 저항하거나 거부하려 하지만 혀의 요청과 명령을 따르곤

하죠. 어쩔 수 없잖아요.

난, 그의 말을 듣자마자, 욕을 해주고 싶었지만 일단 다른 말
로 그를 위로해 주기로 했다.

내가 생각하기에 혀가 긴 것이 꼭 나쁘진 않은 거 같아요. 생각해
봐요. 아침에 눈을 뜨면 바로 일어날 필요도 없이 혀로 이빨을 닦
고 얼굴을 닦을 수도 있잖아요. 따뜻하고 부드러운 혀로 얼굴을 닦
고 이마도 긁을 수도 있고요. 좋지 않아요? 난 그럼 좋을 거 같은
데요.

암요. 알고말고요. 그건 이미 해봤는걸요.

여전히 자신의 이름을 말하지 않은 채, 그는 잠시 만족한 미소
를 보이며 그런 대답을 듣고 싶었어요, 이젠 기분이 괜찮아졌어
요 하는 빰을 보여주었다. 나는 다리를 풀고 2층 침대에서 그에게
등을 보이며 내려와 그를 향해 작게 말했다.

걱정 말아요. 좀 더 나이가 들면 혀는 더 이상 늘어나지 않을 겁니
다. 그리고 아침과 밤에는 혀와 진지하게 대화를 해봐요. 당신의
마음을 솔직히 이야기하는 거죠. 힘들다고요. 먹는 것이 고통스럽
다고 말하는 거예요. 그래도 혀가 당신을 무시한다면 살살 달래면
서 좋은 거 말고, 싫은 음식을 이야기해 보라고 하세요. 그리고 그
걸 아침저녁으로 입안으로 넣어주는 거예요. 그럼 혀는 쓰다고, 아

프다고, 싫다고, 맛없다고, 결국 당신에게 항복할 거예요. 혀는 원래 그런 놈이랍니다. 달라는 대로 입안에 넣어주면 결국 당신은 고꾸라지죠. 그깟, 혀 때문에 말이죠.

내가 생각해도 어떻게 이런 멋지고 근사한 말들이 계속 쏟아지는지, 혹시 나는 장사꾼 기질이 있는 것은 아닌지, 오히려 내가 마법사나 차력사의 기질이 있는 것은 아닌지, 또는 차력사나 마법사가 등장하기 전 사람들 앞에서 바람을 잡는 구라장이가 아닌지 의심이 들 정도였다.

그는 혹시라도 자신의 비밀을, 그러니까 혀가 입안에서 매일 무럭무럭 자라고 있다는 사실을, 입안에서 혀를 키우고 있는 비밀을 누구에게라도 장난삼아 말하지 않았으면 좋겠다고 미간을 모으며 말했다. 나는 그거야 당연하다는 듯 고개를 살짝 숙였고 식당에 가서 얼음이 가득한 콜라를 한잔 마셔야겠다는 생각이 들었다. 아무래도 지금 찬 콜라를 들이켜지 않으면 헛구역질이 나올 것 같았기 때문이었다. 나는 침대 밑에서 간절히 나를 기다리고 있는 신발을 신고 문 앞으로 갔다. 덩치가 큰 하지만 좀 귀여운 가령 하마가 붉은 꽃무늬 드레스를 입고 물속에서 유유히 수영하는, 그러면서 작은 코를 벌름거리며 입을 최대한 벌려 하품하는 모습을 하고 있는 그의 얼굴이 내가 등을 보이며 문이 닫힐 때까지 바라보고 있다는 느낌이 들었다. 나는 그때, 순간적이기는 하지만 이 열차는, 그러니까 라싸로 올라가는 용의 열차는, 이 사람처럼 특수한 능력과 조건을 가진 자들만 탈 수 있는 것이 아닌가 하는 생각이 들었다.

3

청해호(青海湖). 그곳에서 소원을 빌면 이루어진다는 소문을 들었다. 호수는 푸르면서 녹색이고 고요하다고 했다. 주변에는 꽃과 커피도 판다고 했다. 시닝(西寧) 역에 도착한 열차는 엔진에 이상이 발견돼, 정차 시간이 길 거라고, 그러니 하차 준비를 하라는, 방송을 반복했다. 나는 그곳에서 호수를 둘러보며 산책을 하고 오면 되겠다고 생각했다.

다 왔습니다. 손님! 택시 운전사가 시동을 끄며 말한다.
저게, 청해 호수인가요? 오른쪽 저기에 파란 물이 넘실거렸다.
네. 맞습니다. 봄이면 호수 주변에 유채꽃이 피어 더욱 예쁘죠. 택시 운전사는 호수가 마치 자기 소유의 별장인 양 자랑스러운 듯 쳐다보며 말했다.

거의 매일 사람들을 태우고 이곳에 왔을 텐데… 운전사는 지

겹지 않은 표정이다. 마치 외동아들이 결혼해 신혼여행을 다녀와서 이제 막 현관에 들어서는 아들 부부를 바라보는 것처럼 밝고 기분 좋은 얼굴을 하고 있다.

혼자 좀 걸을게요.
다시 돌아갈 건가요?
네. 호수 한 바퀴 돌아보고요.
그럼, 여기서 기다리겠습니다.

말을 걸고 싶어지는 호수다. 이곳에서 사라지는 노을을 볼 수 있다면 얼마나 아름다울까. 파란 호수에 떨어지는 붉은 일몰을 생각만 해도 감격스럽다. 관광버스 몇 대가 도로변에 일렬로 서더니 사람들이 불개미처럼 우르르 쏟아져 나온다. 시끄러운 저들이 오기 전에, 먼저 한 바퀴 돌아야지. 나는 호수 쪽으로 걸어갔다. 호수는 자연의 일부인지라 관리하지 않는 듯했다. 호수에는 바다와는 다른 냄새가 난다. 비릿한 소금 냄새가 제거된 청량한 체취랄까. 주머니에 손을 넣고 그윽하게 호수를 바라보고 있는 사이 관광버스의 무리와 현지인으로 보이는 가이드가 내가 서 있는 곁으로 어느새 밀려왔다. 몸매가 홀쭉한 여인은 한눈에 봐도 가이드처럼 보였는데 그것은 그녀의 한 손에 든 마이크의 입에서 나오는 소리가 다소 격앙돼 있었고 바람에 펄럭이는 <우리

는 친구>라는 깃발을 들고 있었기 때문이었다. 그녀는 정해진 매뉴얼을 시간 안에 해결해야 하는 것처럼 이곳의 역사와 일대의 지리적 특성에 대해 빠르고 구체적인 설명을 늘어놓고 있었는데, 그녀를 바라보는 비슷한 복장과 같은 용도의 신발을 신은 사람들은 순한 양 떼처럼 그의 뒤를 졸졸 따라다니며 그녀가 입에 댄 커다란 마이크에 귀를 기울이고 있었다. 나도 어찌 된 일인지 그들 무리 틈에 끼여서 그 가이드의 말을 듣고 있었는데 그녀가 이 일대에서는 지금도 땅을 파기만 하면 고대의 유물, 심지어 황금도 발굴된다는 말을 자랑스럽게 말하는 바람에 바로 흥미를 잃어버리고, 그 무리 속에 내가 있다는 것이 왠지 그 가이드를 지지하는 사람처럼 느껴져 일부러 걸음을 늦추고 마침내는 그들과 동떨어지게 되었다. 그렇게 의도적으로 한 이유는 도무지 암만 생각해도 그들 속에 있으면 호수에 집중할 수가 없고, 또한 처음 보는 사람들과 함께 가이드에게 끌려다니는 것이 마치 내가 원숭이가 되어 누군가가 바나나를 던져주기만을 고대하는 표정이 되는 것 같아 우스꽝스럽게 느껴졌기 때문이다.

나는 그들을 멀리서 바라보며 본격적으로 호수를 음미해 볼까 하는 생각으로 걷기 시작했다. 한참을 걷고 있는데 앞쪽에서 한 여인이 지팡이를 짚고 호수 주위를 돌고 있는 것이 보였다. 내가 나도 모르게 그 여인의 뒤를 따라가고 있다는 생각이 들었을 때는 이미 호수의 반 정도를 돈 상태였다. 내가 왜 그 여인의 뒤를 따라가고 있는지는 전혀 모르겠고 그냥 나도 호수를 돈다는 느낌이었는데, 어쩌면 내가 가는 길에 이미 그 여인이 있다는 것이 맞을지도 모른다는 생각이 들기도 했다.

거리가 좀 좁혀지자 그 여인은 허리가 땅을 향해 굽은 것으로 보였다. 노파처럼 보였으나 문득 그녀는 어쩌면 이 푸른 호수의 신령일지도 모른다는 생각이 들었다. 나는 여전히 알 수 없는 호기심이 생겨 그 여인을 앞질러 갈 요량으로 속도를 내어 보았다. 자연스럽게 지나가면서 여인의 옆얼굴을 볼 생각이었다. 가까워지자 그녀의 머리는 백발임을 알게 되었다.

나는 좀 더 속도를 내어 그 여인을 앞질러 가기로 마음먹었다. 빠른 걸음걸이로 그녀 옆을 스쳐 가면서 나는 의도적으로 얼굴을 훔쳐봤다. 사실 얼굴을 보려 했는데 그녀의 눈이 먼저 들어왔다. 좀 이상했다. 뜬 것 같기도 하고, 안 뜬 것 같기도 하고, 하얀 백태가 낀 것 같기도 했다. 나는 최대한 자연스럽게 앞서가서 호수의 가장자리에 앉아 그녀가 가까이 오기를 기다렸다. 하지만 그녀는 숨이 찼는지 저만치 앞에서 주저앉았다.

목이 말라 나는 호수의 물을 손바닥에 떠서 입가에 적셨다. 그리고 잔잔한 호수를 바라보자 이번에는 나른한 기운과 함께 졸음이 찾아왔다. 둥근 돌을 주워 베개 삼아 누웠다. 눈을 감고 자

는 척했지만 사실은 저만치 옆에 앉아있는 그 여인을 보고 싶어
서였다. 하지만 그 시끄러운 가이드와 관광의 일행들이 모습을
나타냈다가 다시 사라지기를 반복하는 바람에 그녀에게 집중하
기가 쉽지 않았다. 나는 좀 더 길게 눈을 감았다. 더 이상 시끄러
운 소리가 들리지 않자 나는 자연스럽게 눈을 떴다. 그때 희미하
게 무엇이 보였는데 나는 그것이 좀 이상해서 다시 확인하고 푹
잠을 자야겠다는 생각이 들었다. 하지만 나는 그 장면을 다시 보
고 눈을 뜰 수밖에 없었고 심지어 일어나 앉아야만 했다.

　저건 뭐지? 그 여인이 자신의 코에 손을 가져가 만지작 거리는
것이 눈에 들어왔다. 코를 후비는 건가? 나는 코를 찡끗하고 눈
을 가늘게 뜨고 쳐다보았다. 그녀가 자신의 콧구멍에 손가락을
넣는 것이 보였다. 뭐 하는 거지? 저건 분명 콧구멍을 가볍게 후
비는 것이 아니라 두 번째 손가락을 쑤셔 넣어 무얼 찾는 것처럼
보였다. 그녀의 손가락은 좌우, 위아래로 움직이고 있었다. 나는
방 앞에서 열쇠를 찾지 못해 가방의 모든 내용물을 쏟아놓고 찾
는 감정이 들었다. 그녀가 코에서 무엇을 꺼낸 모양이다. 뭐지?
동전인가? 나는 눈을 크게 떴다. 저건, 버섯인데? 그녀가 그것을
입으로 가져간다. 나는 눈을 비볐다. 그녀는 자신의 코에서 끄집
어낸 그것을 입에 넣고 오물거렸다. 어떻게 코에서 버섯이 나오
지? 나는 좀 더 정신을 가다듬고 그녀를 지켜보았는데 놀랍게도

그녀는 자신의 코에서 작은 버섯을 연신 꺼내어 입으로 가져가 씹고 있었다.

4

버섯을 콧구멍에 저장할 수 있나? 콧구멍은 버섯의 냉장고가 아닐텐데…. 여인은 내가 저만치 옆에 있다는 것을 아는지 모르는지 맛있게 그것을 씹는 행위를 계속했다. 나는 나도 모르게 입맛을 다시며 망원경이라도 있으면 좋을 텐데 하는 생각이 들었다. 그녀의 모습은 버섯을 불고기판에 구워서 맛나게 먹는 표정이었다. 나는 뭔가를 잘못 본 게 아닌가 하는 생각이 들었고, 그럴 때면 사람들이 흔히 그러듯 눈을 세차게 비볐지만 여전히 그녀는 코를 후벼 파고 버섯을 꺼내고 있었다. 나는 이제 잠이 달아났음은 물론이고, 이제까지 내가 본 사람 중에 가장 깊은 인상이라고 할 만한, 하지만 아름답다고 말하기는 어려운 모습을 보았다고 생각했다. 이건 꿈인가. 나는 지금 푸른 호수에서 기력을 잃어가는 햇볕을 받으며 달콤한 잠을 자고 있는 건가. 하지만 이게 정말 꿈이라고 할지라도 궁금증은 여전히 가시지 않았으며 그래서 나는 일어서서 그녀에게 다가가지 않을 수 없었다. 나는 이제 소원을 들어준다는 이 호수에서 기도하기보다는 저 여인, 콧속에서 작은 버섯을 꺼내 먹는 그녀가 궁금했다. 꿈이라도 궁금한 건 어쩔 수 없다는 생각이 들었다.

하나 줄까요?
여인은 내가 옆에 오리라는 것을 이미 짐작했는지 나를 보지도 않고 입을 오물거리며 이야기했다.
저요? 나는 놀라는 척 물었다.
그럼 젊은이 말고 여기 또 누가 있어? 여인이 나의 말투와 표정을 흉내 내며 웃었다. 가까이서 보니 여인은 할머니가 확실했다. 허리에 찬 작은 지팡이도 보였다.

할머니는 또다시 코를 정성스럽게 후벼 파기 시작했다. 처음 보는 손님에게 무언가를 대접해야겠군! 하는 표정을 짓더니 자신의 코에서 버섯을 꺼내기 위해 할머니는 코를 후비적거렸다. 옆에서 좀 더 자세히 보니 후벼 파는 수준이 아니라 손가락으로 콧구멍에서 무언가를 더듬어 기어코 꺼내는 모습이었다. 마치 보물 상자에서 자신이 제일 아끼는 물건을 신중하게 꺼내는 것처럼 말이다. 할머니의 코에 대한 태도와 정성을 보며 나는 바로 일어나 다리를 딱 붙이고 거수경례를 하고 싶을 지경이었다. 한참 만에 할머니의 코에서 나온 것은 우산을 닮은 작은 버섯이었다.

버섯이네요. 나는 애써 놀라지 않은 목소리로 말했다. 버섯이 코에
서 나와요?

안 되나? 내가 할머니라고 해서 꼭 당신을 사랑하지 말란 법은 없
잖아요 하는 어투였다.

그게 아니고요. 신기해서요. 나는 마법사를 눈앞에서 본 것처럼 눈
알을 크게 돌리며 말했다.

인간의 코는 버섯이 자라기 아주 좋은 곳인데. 젊은이는 모르는구
료. 콧속은 습하고 따뜻하고 어두운 데다 코털 또는 점막이 있어
버섯이 자라기 쉽지. 아마도 버섯이 제일 좋아하는 장소일 거요.
드물기는 하지만 인간의 폐나 위에서 자라나는 경우도 있다오.

할머니는 호수를 바라보며 말했다. 그녀의 눈알이 파랗게 보였
다. 나는 이 괴상한 할머니가 혹시 호수에 살고 있는 신령이 아
닌가 하는 생각이 진지하게 들었다. 젊은이 폐에서도 지금 버섯
이 자라고 있을지도 모르지, 하고는 장난꾸러기 아이처럼 웃는
할머니의 모습이 귀엽게 보였다. 웃을 때, 할머니의 입속에서 앞
니와 윗니가 몇 개 없는 듬성듬성한 입안을 발견했다. 자그마한
돌을 끼워 넣으면 딱 맞을 것 같은 구멍과 규격으로 이빨은 몇
개 빠져 있었다. 할머니는 손가락을 입에 넣어 어떤 이물질이 있
는 양 휘저었다.

저기, 할머니?

할머니는 입안에서 나오지 않는 어떤 이물질을 계속 꺼내려고 노력

하고 있었다.

이곳에 사시나요?

아니오.

왜, 콧속의 버섯을 먹나요?

몸에 좋으니까.

얼마나 좋아요?

나는 달이 좋아? 별이 좋아? 하는 아이처럼 물었다.

할머니는 호수를 다정하게 바라보더니 나에게 되묻는다.

젊은이가 보기에 이 버섯이 어떠우?

할머니는 코에서 꺼낸 허연 침이 묻어있는 버섯을 보여주며 물었다.

귀엽고 보드랍죠.

이 버섯이 어떻게 자라나는지 아나?

잘 몰라요.

썩은 균 위에서 자란다우. 버섯을 관찰하면 그놈이 얼마나 강하고 독한 놈인지 알게 될게요.

버섯이 독하다고요?

암. 나는 보았지. 버섯이 얼마나 강인한 생명력으로 살아가는가를 말이야.

5

내가 버섯의 위력을 처음 보았을 때는 비가 살살 내리는 깊은 산속이었지. 그때 나는 한 마리 독사를 따라가고 있었어. 내 눈이 안 보이기 시작할 때, 호수의 신령이 꿈속에서 가르쳐 주었지 뭐야. 뱀을 잡아먹으라고. 뱀을 먹으면 눈이 좋아진다고 말이야. 어느 날 산속을 헤매다가 마침 통통한 독사가 지나가는 것을 보았지. 스르르 땅에서 헤엄치더라고. 요놈 잘 걸렸다. 난 막대기를 가지고 놈을 쫓아갔지.

그런데, 가다가 멈추더라고.
멈춰요?
응. 뱀이 뭘 발견했다는 듯이 말이야.

나도 따라 뒤에서 멈추었지. 그런데 뱀은 움직이지 않고 무언가를 노려보더라고. 잠시 후 허리에 힘을 주고 고개를 들어 혀를 날름거리더군. 먹이를 발견한 모양이었지. 그런데 한참이 지나도 노려만 볼 뿐, 그걸 먹지 못하는 거야. 오히려 몸을 벌벌 떨더군.

그게 뭔데요? 나는 침을 삼키며 물었다.
버섯. 아주 조그만 버섯이었지.

나는 뱀 뒤에서 계속 지켜봤지. 어떻게 저 연약한 버섯을 뱀이 못 잡아먹을까 의아했어. 결국 뱀은 혀를 입안으로 불러들이고 꼬리를 감추고 언덕으로 도망치기 시작했어. 이상하더라고. 나는 급히 뱀을 쫓아갔어. 그리고 나무 밑에서 몸을 꼬고 고개를 숙이고 있는 뱀에게 다가가 물었지.

왜, 그깟 버섯 하나를 못 먹었지?

나는 화가 나서 물었어.

뱀은 공포에 싸인 표정으로 고개를 숙였어.

왜 그랬어? 무슨 이유야?

내가 다그치자 뱀은 울먹이며 말했어.

모르겠어요. 그것을 쳐다보고 입맛을 다시는데 버섯이 이상한 힘을 발휘하더라고요. 그래서 혀를 날름거리며 버섯에게 물었어요.

넌 뭐니? 내가 먹으려 하는데 겁나지 않아?

날 먹으려고? 흥. 어디 먹어봐.

버섯은 그렇게 말하더니 몸에 힘을 주어 떨기 시작했어요. 그러더니 또 말하더라고요.

내가 여기서 이만큼 크기까지 얼마나 치열하고 힘든 줄 알아. 내 다리가 박혀있는 땅속으로 어떤 힘을 얼마나 주어야 내가 이만큼까지 성장할 수 있을 거 같아? 슬슬 산책하듯 돌아다니는 너 따위는 알 수 없어. 마음만 먹으면 너도 잡아먹을 수 있어. 다만 시간이 좀 걸릴 뿐이지.

믿어지지 않게도 버섯이 내 혀를 노려보며 그렇게 말하잖아요.

난 그 말을 듣고 너무 무섭고 놀라서 도망친 거예요. 뱀은 허리를 오그리며 말했다.

그런 엄포와 협박에 도망쳤다고?

나는 어이없다는 표정으로 되물었지.

너는 긴 허리와 이빨에 독도 있는데 말이야?

알아요. 그래서 저도 저의 독을 믿고 다가가려 했죠.

그런데 그놈에게서는 이상한 냄새가 나더라고요.

냄새?

모르겠어요. 처음 맡아보는 냄새였는데 그것을 맡으면 맡을수록 제 몸이 굳어지고 힘이 빠지는 느낌이랄까요.

그래서 어떻게 했어?

버섯이 몸에 힘을 주며 말하더라구요. 너에게는 날카로운 이빨과 땅에서 수영할 수 있는 부드러운 피부가 있지만 나에게는 생을 향한 강한 집착이 있지. 그 집착에는 거기에 걸맞은 냄새가 있고 말이야.

아니, 한낱 버섯이 살려는 생의 냄새가 독을 가진 너의 이빨을 이긴다는 거야?

나는 풀이 죽어있는 뱀을 다그쳤지.

저도 그 말을 듣고 어이가 없어서 개의치 않고 다가가려 했죠. 그랬더니 버섯이 또 파르르 몸을 떠는 거예요. 최선을 다해 어떤

에너지를 발산하듯이 말이죠. 그때 버섯에서 어떤 냄새가 나왔는
데 저는 그 냄새를 맡고는 다가가지 못했어요.

6

그날 나는 뱀의 이야기를 듣고 집으로 돌아와 생각했지. 할머
니는 코를 만지며 말했지만 버섯은 꺼내지 않았다.

인간들은 동물이나 식물, 곤충들보다 자신이 훨씬 치열하게 살
고 있다고 생각하지. 동물도 식물보다는 스스로가 더 열정적으로
살고 있다고 여기고. 그에 못지않게 식물들도 곤충보다는 더 성
실하게 하루하루를 버티고 있다고 주장하지. 그들 모두는 자신들
만의 진동과 떨림 그러니까 자신들만의 소리와 냄새로 어떤 생
명체보다 더 강한 삶의 의지를 가지고 있다고 생각해.

잘, 모르겠어요. 할머니. 나는 정말 이게 무슨 이야기인지 알지
못했다.

내가 이야기 하나 더 해줄까. 할머니는 말을 하며 추운지 털모
자를 꺼내 썼다. 그리고 팔을 들어 한 방향을 가리켰다.

버섯이 가장 좋아하는 것이 뭔 줄 아나?

그게, 뭔데요?

설탕물이지. 단 것. 꿀도 좋고.

그럼 버섯이 좋아하는 장소는 어딘 줄 아니?

아니요. 나는 고개를 흔들며 말했다.

아는 게 별로 없군. 버섯은 곰팡이와 같지. 균사체. 그래서 나무, 신문지, 돼지 배설물 같은 곳을 좋아하지. 시신의 입속은 버섯이 최고로 좋아하는 공간이지. 습기 있고 균이 충만한 곳. 버섯은 성질이 고약해. 보기와는 다르게 말이야. 균을 먹고 자라서 그럴 거야.

설마요? 나는 버섯의 모양으로 보아 성질이 고약할 거 같지 않았다.

내 말을 끊지 말고 계속 들어봐. 할머니는 다소 위압적인 목소리로 호수를 쳐다보며 말했다.

버섯의 가장 큰 특징은 연결 능력이지. 버섯은 같은 부류의 생명체에 강한 유대감과 공감 능력이 있어. 서로 연결돼 있다고 느끼지.

정말이요?

정신이상자나 살인자들은 무엇이 과잉되거나 결핍돼 있는지 아나?

그야 모르죠.

그들은 정신적인 교류를 원해. 타인과의 교류, 교감, 연결이 되지 않는다고 느껴지면 대상을 파괴하는 거야.

그럼 버섯과 살인자들과 비슷한 사고를 지녔다는 건가요?

그런 셈이지. 버섯과 정신 이상자들은 비슷한 사고를 지닌 대상을 좋아하고 또 그들과 연결되기를 원하지. 인간은 버섯과 같은 속성을 지니고 있어. 사고의 교류가 가능하다고 생각되면 접촉하지. 그리고 교감하고 공생하길 원해. 젊은이는 버섯을 좋아하나?

네. 먹기 좋잖아요. 부드럽고 고소하고.

그럼, 그럼 젊은이도 누군가와 연결되기를 고대하겠군.

파란 눈으로 나의 입과 코를 번갈아 쳐다보던 할머니는 갑자기 일어나 걸어가기 시작했다. 그리고 나는 또 왜 그랬는지 모르게 할머니를 뒤따라가기 시작했다. 할머니는 시선을 한 곳에 고정시키고 바닥을 계속 두드리며, 하지만 매우 능숙하게 나아갔다. 가만히 보니 할머니는 예상대로 맹인이었다. 나는 할머니 곁에 바싹 붙어 걸었다. 내가 옆으로 따라붙은 것을 감지한 할머니는 기다렸다는 듯이 허공을 응시하며 중얼거렸다.

과거에도 사람들은 미래를 예단했지.

미래에 관한 상상된 책들과 그 미래를 준비해야 한다고 떠든 점쟁이들을 신봉했지.

그 미래에 우리는 지금 살고 있지 않나?

그런데,

사람들은 지금 또다시 미래를 걱정하고 있어.

우주로 가서 살아야 한다고

달에서 휴식을 취해야 한다고

지구는 이제 오염됐고 더러워졌다고 말이야.

그러면서 사람들은, 또 그 알 수 없는 미래로의 이동을 지금 또 준비하고 있지.

그들에게는 지금보다는 미래가 항상 중요하지.

인생은 짧은데 말이지.

7

이곳에서 노을을 볼 수 있다면 얼마나 아름다울까. 노을이 질 때, 불덩어리가 호수로 빠져드는 모습은 생각만 해도 황홀하다. 혀를 내밀어 공기 맛을 본다. 그때 처음 보는 동물들이 눈앞에서 뛰어갔다. 손을 잡고 걸어가던 연인들이 와 하며 사진을 찍는다.

앞에서 뛰는 게 암컷일 거야. 사진을 찍던 남자가 말한다.

어떻게 알아? 옆의 여인이 묻는다.

뒤따르는 무리는 수컷일 테고. 남자가 질주하는 동물의 꼬리를 쳐다보며 말한다.

어떻게 아냐고?

　　그야 간단하지. 지금 암컷은 여기저기 뛰면서 자신의 매력을 발산
하는 것이고 수컷들은 경쟁하는 거야. 먼저 차지하려고 말이야.

　나는 그들의 이야기를 들으며 주머니에서 젤리 한 봉지를 꺼
냈다. 밖으로 나온 젤리 봉지는 중환자실에서 붕대로 친친 두른
환자의 얼굴처럼 부풀어 올랐다. 손바닥으로 내리치니 빵 하고
봉지가 폭발한다. 녹색의 젤리를 입안에 넣고 오물거린다. 갑자
기 맨발로 걷고 싶어졌다. 이때 아니면 언제 하겠어. 나는 두 손
을 팔자 형으로 끼고 몸을 구부린다. 마침 가느다란 비가 오고
거기에 어울리는 바람이 몸을 감싼다. 평지에 내려가면 세상의
모든 바람이 여기서 시작되었다고 말할 테다. 뒤를 돌아보니 관
광버스가 저만치 서 있다. 사람들은 그 주위에서 사진을 찍거나
서로를 부축하며 걷는다. 어지럽다. 달에서 탁구를 치면 이런 느
낌일까. 입이 저절로 벌어진다. 그 틈을 노려 설산의 바람이 달려
와 이빨을 치고 달아난다.

　이제는 나 혼자만이 이 거대한 호수를 장악했다는 느낌이 들
었을 때, 좀 이상하게 생긴 동물이 저만치서 나를 쳐다보고 있다
는 것을 알아챘다. 티베트 영양인가? 움직이지 않고 계속 나를
쳐다보고 있다. 잠시 후 나는 누가 시키지도 않았는데 갑자기 두
팔을 벌리고 학처럼 섰다. 팔을 벌리고 외다리로 선 것이, 왜 학
이라고 생각했는지는 모르겠다. 그냥 그 순간 두 팔을 벌리고 한

쪽 다리를 들어 다른 한쪽의 정강이에 붙이고 서 있고 싶었다. 그렇게 하면 저 앞의 동물이 다가와 주지 않을까 하는 생각이 들었다. 그는 움직이지 않았고 나를 응시했다. 도망가지도 않았다. 나는 외다리로 성큼 뛰면서 다가갔다. 그는 가만히 있었다. 나를 기다리는 것일까. 서로가 얼굴을 볼 수 있을 정도의 거리가 생겼을 때, 나는 여전히 나의 자세를 그대로 유지한 채, 내 앞에 존재하는 그것을 뚫어져라 보았다. 이 동물은? 가만히 보니 염소를 닮은 사슴처럼 생겼다. 하늘로 솟은 우아한 뿔은 없다. 길을 잃어버렸나? 흥미로운 건 처음 보는 그 동물은 움츠리거나 으르렁하는 소리를 내지 않고 나를 보고 있다는 것이다. 들어 올린 한쪽 다리가 저리고 벌린 팔도 아파 자세를 바꾸어볼까 하려다 그만두었다. 그러면 혹시 내 앞의 그가 도망갈지 모른다는 생각이 들었기 때문이다. 나는 힘들었지만 자세를 고정한 채 최선을 다해 버텼다. 정말 이 순간은 내가 학이 아닌가 하는 생각이 들 정도였다. 빗방울이 굵어지고 안개가 사방을 덮을 무렵 왼발이 후들거리고 저렸다. 나는 슬쩍 다리를 바꾸며 한 발짝 앞으로 다가갔다. 그러면서 학이 낼 수 있는 소리를 내고 싶었다. 문득 학은 어떤 소리를 냈더라? 생각해 보았지만 들어본 적이 없는 것 같았다. 그래서 그냥 학. 학. 하고 소리를 냈다. 틀렸다고 화를 낼 리 없잖아. 내가 인간만 아니라는 증거를 보여준다면 내 앞에 있는 저

동물은 안도감을 느끼고 도망갈 리 없다고 생각했다. 내가 또다
시 학. 하고 소리를 내려는데 그가 몇 발자국 다가왔다. 나를 쳐
다보더니 발을 내려다본다. 왼발 정강이에 착 붙이고 서 있던 오
른쪽 발이 심하게 떨리기 시작하면서 몸의 중심을 잡기 어려웠
지만 나는 애써 고요를 유지하며 반갑다는 듯이 소리를 냈다.

학.
학.
학.

안녕?
우린 처음이지?
반가워.

그런 의미로 내뱉은 소리였다. 나는 덜덜거리는 다리에 힘을
주어 버티면서 가만히 그의 반응을 기다렸다. 그가 나를 빤히 보
더니 지우개같은 코를 벌름거린다. 녹색의 동공에 갈색의 눈동자
가 위아래로 움직인다. 그리고 갑자기 입을 벌려 양 하는 소리를
냈다. 분명히 양이라는 소리였다. 반가워. 하는 대답 같았다. 나
는 벌컥 흥분되어 가만있지 못하고 또 학 학 하고 두 번 같은 소
리를 내었다.

년,
어디 사니?

하고 물어본 것이었다. 그랬더니,

양. 영.
양. 영.

하는 소리를 냈다. 그가 내는 소리는 어떤 식물이 내는 고요한
울림 같았다.

저기. 설산.
저기. 설산.

자기 집을 알려주는 것 같았다. 나는 기뻤고 이제 자세를 풀어
도 되지 않을까 하는 생각이 들었지만, 그랬다간 내가 자신을 속
인 것으로 오해할 수 있어 도망갈 거라는 생각이 들어 계속 두
팔을 벌리고 오른 다리를 들어 왼발 정강이에 붙인 모양으로 버
텼다. 다리가 좀 더 길고 가늘었어야 했는데 그것이 다소 아쉬웠
다. 하지만 알 수 없는 희열이 몰려왔고 이 시간이 지속되기를
바랐다.
　가만히 보니, 그는 동물에 가까웠지만 사람의 얼굴과도 비슷했

다. 이곳에 사는 동물은 이런 얼굴인가? 내가 생각하는 사이 그
가 나에게 한 발 더 다가온다. 나는 수줍게 고개를 약간 숙였다.
우리는 매우 가까워졌다. 그가 혀를 내밀어 나의 왼발 등을 핥는
다. 발등은 당연히 간지러웠다. 그가 내민 혀는 나뭇잎 색이었다.
저 혀로 핥아주면 내 발도 초록색으로 변하는 걸까. 발등에서 나
뭇잎이 나오는 걸까. 그는 혀를 더 뽑아 발등에서 발목까지 부드
럽게 감쌌다. 나는 도저히 이 자세를 유지하기 어렵다는 생각이
들었지만 이런 기회는 다시없을 거란 생각이 들어 최대한 몸에
힘을 주어 자세를 유지하려고 노력했다. 그랬더니 그가 부드러운
핥기를 거두고 이번에는 자신도 한발을 들어 나와 같은 자세를
취하는 것이 아닌가. 내가 하고 있던 자세가 마음에 들었나 보다.
나는 눈을 동그랗게 뜨고 그의 자세를 살펴보았다. 팔의 모양이
나 다리의 자세가 불균형하면 다정히 수정해 주어야겠다고 생각
했다. 하지만 그의 자세는 흡족했고 고칠 곳이 없어 보였다. 나는
칭찬의 소리를 냈다.

냥.

향.

홍.

나와 같은 모양이야.

한 번에 이렇게 하다니.

훌륭해.

그는 마치 글씨를 처음 배우는 아이처럼 고개를 위아래로 흔들었다. 우리는 잠시 그 자세로 서로를 쳐다보았다. 나는 팔과 다리의 고통을 잠시 잊었으며 오히려 이상한 생각이 들었다. 저렇게 잘하는 것으로 보아, 혹시 그는 이곳에 살고 있는 나의 또 다른 분신은 아닐까. 나는 인간의 모습으로 평지에서 살고 있고 또 다른 나는 동물의 모습으로 설산에서 서로 다른 곳에서 살고 있는 것이 아닐까. 그렇지 않고서야 어쩜 저렇게 나와 같은 자세를 금방 하고 나와 비슷한 표정을 할 수 있지? 김치찌개를 좋아하는지, 자작나무를 어떻게 생각하는지, 전지현이 나오는 영화는 봤는지, 물어보고 싶을 정도였다. 귀엽고 보드라운 뱃살과 햄 덩어리 같은 허벅지도 나와 비슷했다. 나는 최대한 조심스럽게 그에게 고개를 내밀어 냄새를 맡아 보았다. 그랬더니 그도 나와 같은 높이를 만들어 내 몸에 코를 대고 가만히 있는 것이 아닌가? 우리는 밀착한 상태가 되었다. 나는 부끄러워했고 그는 진지한 표정을 지었다. 안개가 몰려와 우리를 안았고 고요가 끼어들었다. 그사이 비는 눈으로 바뀌었다. 우리는 아무 소리도 내지 않고 가만히 마주했다. 내가 두 팔을 크게 벌려 그를 쳐다보자 그도 두 다리를 들어 팔처럼 벌렸다. 우리는 서로 안았다. 방금 시작한 연인처럼, 포옹했다. 그의 보라색 심장이 나의 파란 심장을 건드린다. 완벽한 포옹이다. 그의 온도를 느낀다. 나의 온도를 내민다. 심장과 심장의 만남은 어떤 날카로움도 없다.

주머니 속에서 젤리를 하나 꺼내 그의 입에 다정히 넣어주고 싶어졌다. 좋아하면 무엇이든 주고 싶지 않은가. 녹색의 혀를 가진 그에게는 녹색의 젤리가 어울릴 거야. 나는 자세를 유지하고자 한 손은 위로 뻗어 평형을 유지하고 다른 한 손을 주머니에 손을 넣어 젤리 하나를 끄집어냈다. 아쉽게도 주황색이었다. 나는 다시 주머니에 손을 넣어 또 하나를 끄집어냈다. 다행히 녹색이 나왔다. 가만히 내밀었다. 그가 손처럼 생긴 발을 내밀어 젤리를 받아든다. 그리고 젤리에 코를 박고 냄새를 맡는다. 숨겨두었던 작은 이빨이 보였다. 사람처럼 오물오물 씹는다. 먹는 모습도 나와 비슷하다. 쩝쩝 소리를 내면서 먹는 것이.

위태롭기는 했지만 나는 아직 같은 자세를 고수하고 있다. 나는 좀 더 버티려는 생각으로 다리에 힘을 주었는데 그가 자세를 풀더니 내 발등에 등을 대고 발랑 누웠다. 나는 이 돌발스러운 상황에 놀라서 하마터면 자세가 풀릴 뻔했다. 그의 부드러운 등이 나의 발등을 눌렀고 하얀 배가 넓게 보였다. 나는 노란 고무줄이 쪼그라든 것처럼 보이는 그의 배꼽을 감상했다. 그의 등에 난 털이 내 발등을 간지럽힌다. 나는 간지러워 웃음을 참을 수 없었다. 그는 마치 봄날에 동물원을 거니는 연인처럼 나에게 어깨를 대고 살며시 수줍게 애교를 부리는 듯했다. 살짝 벌어진 입 안으로 녹색의 혀끝이 보인다. 태초의 웃음이란 저런 얼굴이 아닐까. 꾸밈없는 맨 처음의 그것. 평화와 행복이 묻어있다.

학.
음.
옴.
파.
사.

그만해 줄 수 있겠니?
너무 간지러워서 말이야.
균형을 잡기가 어려워.
제발.
부탁이야.

그러자, 그가 나의 말에 동의하지 않고 전혀 다른 말을 했다.

핫.
잉.

혀를 내밀어 보세요.
입술에 침을 바르고요.

하더니 그가 나의 입을 쳐다본다. 나는 당황했지만 그도 그럴 만한 이유가 있겠지 하며 침착하게 치과의사가 시키는 것처럼 입을 벌리고 혀를 내밀었다. 그가 불쑥 얼굴을 올려 나의 혀 냄새를 맡고는 다시 소리를 내었다. 이번에는 제법 길고 장황하게.

양. 당. 어, 요. 얍?
황. 상. 급. 지. 아?
무. 하. 율. 피. 통?

당신은 어디에서 왔나요?
당신은 혼자인가요?
당신에게서 익숙한 냄새가 나요.

나는 이제 그가 소리를 길게 하든 짧게 하든 알아들을 수 있었다. 우리는 서로 통하고 있었다. 그는 내가 이해하는지 물어보지도 않고 말을 이어갔다.

라.
무.
푸. 꿍.

라싸.
가면.
포탈라궁.

나는 바로 대답했다.

호.

아.

움. 하. 빙.

고마워.

포탈라 궁은 가볍게.

하지만 지금 나의 발등이 심하게 간지러우니 그만 비켜줄 수 있겠니?

그는 이미 오래된 나의 연인이 된 것처럼, 이제는 나와 노골적으로 사랑을 나누겠다는 듯이 발등 핥기를 멈추지 않았다. 나는 정말 너무 간지러워서 몇 번이나 그만해줄래? 했지만 그는 발등을 넘어 나의 허벅지까지 자신의 혀를 대기 시작했다. 그것은 암만 보아도 개와 고양이가 주인의 품에 안겨 사랑을 받고자 하는 몸짓, 구애의 표현과 같았으나 나는 이제 더 이상 이 자세를 유지할 수 없는 간지러움에 그만 경고의 소리를 내고 말았다.

갈.

파.

고.

간지럽다고 했잖아?

그만 좀 해줄래.

내가 몇 번 말했어?

그 소리를 내자 그의 녹색의 혀는 회초리를 맞은 듯 빠르게 자신의 자리로 돌아가고 사람을 닮은 그의 얼굴은 놀란 아기의 표정으로 변하더니 또다시 화난 사자의 얼굴로 돌변했다. 그러더니 알 수 없는 소리를 크게 질렀다.

꾼.

툰.

폽.

알아들을 수 없는 소리였다. 그는 몸을 뒤틀고 몸을 홱 돌려 설산으로 뛰어가기 시작했다. 나는 황급히 사정했다.

음.

살.

노.

이런, 내가 실수를 했구나.

널 놀라게 하려고 그런 건 아니야.

정말이야. 돌아와 줘. 미안해.

나는 설산을 향해 질주하는 그의 꼬리와 등을 향해 애원했지
만 그는 뒤를 돌아보지 않았다. 한 번쯤 멈추어 서서 나를 향해
뒤돌아보았으면 했는데 정말 그는 화난 사람처럼 그대로 설산으
로 달려갔다.

8

작은 구멍, 틈 같은 동굴이 보인다. 화가 나서 이곳으로 들어
갔을지도 몰라. 동물들은 분노하거나 배신감을 느끼면 어둡고 검
은 장소를 골라 호흡을 가다듬는다고 하잖아. 나는 중얼거리며
동굴 입구를 두리번거렸다.

입구의 벽에는 흐릿한 글씨로 <세상에서 가장 강한 사람이 사
는 집>이라고 쓰여 있었다. 나는 오른쪽 볼을 긁으며 동굴 안쪽
으로 머리통을 밀어넣었다. 눈을 가느랗게 뜨고 한참을 보니 안
쪽에 한 노인이 등을 보이며 손을 뻗어 불을 쬐고 있는 모습이
보였다. 노인의 그림자가 벽에 붙어있다. 충분히 눈치챌 정도로
내가 다가갔는데도 노인은 움직이지 않았다. 멀리서도 노인임을
알아차린 것은 활처럼 휜 그의 등과 등뼈 때문이었다. 쪼그라든
귓불 뒤로 흘러내린 몇 가락 머리카락과 뒤통수가 훤히 보이는

폭삭 늙은 노인이었다. 나는 화로(火爐)에 나뭇가지를 던지고 있
는 그의 앞쪽으로 돌아가 섰다. 허옇게 곰팡이 꽃이 핀 곶감처럼
노인은 몸을 동그랗게 오므리고 불을 쬐고 있다. 벌건 얼굴은 잘
구워진 고구마처럼 곧 벗겨질 듯했지만 노인은 아랑곳하지 않고
탁탁거리는 불씨만 쳐다보고 있다. 잘 익은 감자나 고구마는 보
이지 않았다.

밖은 어떤가? 노인이 고개도 들지 않고 묻는다.
네? 저요? 나는 놀라며 되물었다.
겨울인가? 봄인가? 밖이.
겨울입니다만. 나는 서서 대답했다.
앉아. 이리로 와서. 노인은 고개를 들어 나를 보며 권했다.
고맙습니다. 할아버지. 그런데 혹시 이 안으로 어떤 동물이 들어오
지 않았나요? 나는 동굴 안을 둘러보며 물었다.
아니. 할아버지는 잡아떼듯이 단호히 대답했다. 그리고 물었다.
동물을 쫓고 있었나? 사냥감으로?
아니요. 무슨요. 나는 손을 저으며 대답했다.
동물은 인간들의 놀이 대상이나 먹잇감이 아니야.
그럼요. 저도 알지요.
개를 키워본 적 있을 거야. 어떤가?
있죠. 당연히. 귀엽고 충직하잖아요. 나는 으쓱하며 말했다.
개와 고양이를 우습게보면 안 돼. 그들은 모든 게 자기들에게 어떻
게 사랑과 음식이 분배되는지 알지. 인간들에게 안기거나 턱을 내
어주면서 말이야. 눈이 피곤해도 모든 걸 주시하고 있어. 할아버지
는 잠시 말을 끊었다가 덧붙였다. 동물들은 인간들에게 정의와 공

평이 뭔가를 가르쳐 주지. 인간들이 잘못을 저지를 때마다, 아니면 부당하게 학대하거나 약속을 어길 때마다 인간을 안타깝게 쳐다본 단 말이지. 그 눈빛을 본 적이 있나? 할아버지는 훈계하듯 물었다. 아니요. 저는 개나 고양이를 키운 적도 없고 잡아먹은 적도 없고 때린 적도 없어요.

인간들은 세상을 발전시키는 힘이 있다고 자랑하지만 동물들에게는 대상을 느끼는 연민과 감각이 있지. 사실 같은 동물인데 말이야. 오히려 동물이 인간보다 더 인간적일 때가 많지. 더 다정하고 친절 하지. 욕심도 없고. 내가 보기엔 인간만큼 욕심 많은 동물도 없어. 사람들은 동물들에게 무슨 짓이든 할 수 있다고, 자신들의 말을 꼭 들어야 하는 것처럼 착각한단 말이지. 오만한 거야. 그러더니 할아 버지는 옷 속에서 궐련을 꺼내 화롯불에 대고 불을 붙였다.

침묵이 흐르자 나는 물었다.

그런데 할아버지, 동굴 입구에 쓰인 글자를 보았습니다. 이렇게 쓰 여 있더라고요. 돌, 쇠, 불, 물, 구름, 바람, 사람, 두려움, 술, 잠, 죽음, 사랑. 그게 뭐지요?

강함의 순서지.

그렇군요. 그런데 왜 죽음이 강하지요? 그건 슬프고 두려운 거 아 닌가요?

죽음. 그따위가 이 술 한잔보다 나을까? 할아버지는 어느새 허리 춤에서 호리병을 꺼내 마개를 따고 한 모금 마셨다. 그때 나는 나 도 모르게 저도 한 모금 할 수 있을까요? 하려다 관두었다. 혹시 취하면 이곳에서 잠을 잘 수도 있다는 생각이 들었기 때문이다. 모 닥불은 따뜻한 빛을 발산하며 나로 하여금 무엇이든 물어보는 용기 를 주었다.

물은 왜 강하지요? 나는 밤하늘의 달을 묻는 아이처럼 물었다.

여기 오기 전에 호수를 보았지 않나?

네. 바다 같은 호수를 보았어요. 나는 과하게 목소리를 높였다.
물은 모든 것을 뜨게 하지. 아무리 무겁거나 크더라도. 그건 알지?
아이, 알지요.
그럼, 죽음이 왜 제일 강하지요?
옷자락 밑으로 할아버지의 맨발이 보였다. 아무것도 필요 없는 짐
승의 발처럼 보였다. 모든 것은 죽음 앞에서 고개를 수그리지. 죽
음은 내일보다 먼저 올 수 있어, 아나?
그럴 리가요? 죽음은 알 수 없지만 내일은 알 수 있잖아요?
그렇게들 생각하지. 다들.

할아버지는 화로 위에서 두 손을 어떤 무공의 첫 번째 동작을
시작하는 것처럼 움직이기 시작하더니 아무 말도 하지 않았다.
그러더니 맨손으로 화로를 뒤적거렸다. 껍질이 반쯤 벗겨진 감자
가 나왔다.

이것 가지고 갈 길을 가게.

내가 감자를 주머니에 넣고 일어서자 할아버지는 나를 쳐다보
며 무언가 할 말이 있다는 듯 입을 실룩했으나 끝내 아무 말도
하지 않았다.

9

동굴 밖으로 나오니 밤이었다. 어두운 밤이었지만 조금만 인내하면 밤은 낮보다 더 잘 보이는 성질이 있음을 나는 알고 있다. 인내심만 있으면 깜깜한 밤에도 무엇이든 볼 수 있다는 생각이 들자 나는 머리카락을 왼쪽에서 오른쪽으로 정리하며 차분함을 유도했다. 바로 그때 저 앞쪽에서 붉은 십자가를 자랑스럽게 뽐내는 건물이 보였다. 교회로군. 그렇다면 가 보아야지. 이 시간에도 하느님께 기도를 하고 있는 신도가 있을지도 모른다는 생각이 들었다. 그런데 깜빡이는 십자가 밑까지 다가가자 (담)벽 아래서 등을 보인 채 앉아있는 누군가를 발견했다. 그는 담벼락에 붙어서 무릎을 끌어안고 있었다. 내가 헛기침을 하자 그가 잠시 쳐다보았는데 눈이 사팔뜨기인 것처럼 눈동자는 다른 곳을 향하고 있었다. 뭐라도 물어볼 요량으로 나는 벽에 지네처럼 달라붙어 있는 그에게 다가갔다. 나는 그와 같은 높이로 쭈그리고 앉았다. 그의 목은 땀으로 축축해 보였다. 그의 얼굴에는 흰 버짐이 천연덕스럽게 피어 있었다. 전갈 한 마리를 얼굴에 놓아주면 저 산만 한 버짐을 깨끗이 먹어치울 수 있을 텐데…. 하지만 나는 지금은 그걸 권유할 때가 아니란 생각이 들었다. 그의 입술은 아이스크림을 먹다 남은 것처럼 부르터 있었고 침을 질질 흘리고 있었다.

또한 일정한 간격으로 손톱을 입으로 가져가 엄지 끝을 물어뜯고 있었는데 그때마다 새빨간 작은 살덩이가 떨어져 나갔다. 어렸을 적, 나도 저런 더러운 습관이 있어서 엄마에게 혼난 적은 있었지만 저 사람처럼 속살까지 심하게 물어뜯은 적은 없었다. 배가 고픈 것일까. 누가 봐도 불안해하는 모습이었다. 무언가에 겁을 먹고 있는 느낌이었다. 발 한쪽은 신발이 어디로 갔는지 맨발이었는데 발톱은 역시나 더러웠다. 신기한 것은 몰골이 저쯤 되면 몸에서 마땅히 나야 할 어떤 악취도 전혀 나지가 않는다는 것이었다. 어쩌면 내 몸에서 나는 냄새와 비슷해서 맡지 못하는 것일 수도 있었다. 하지만 나는 그의 불온한 몸과 해골에 가까운 얼굴에서 어떤 광채가 그를 둘러싸고 있다는 느낌도 받았다. 가만히 보니 그의 눈은 사팔뜨기가 아니었고 어디를 명확하게 직시하고 있다는 느낌이 들었다. 그는 어떤 가식도, 어떤 동요의 기색도 보이지 않는 눈동자를 가지고 있었다. 눈동자만 보면 절벽에 선 장수의 느낌을 주었다. 그의 모습은 보면 볼수록 참으로 깊은 인상을 주었다. 순간 나는 그에게 던져도 좋을 몇 가지 질문이 떠올랐다.

저기, 혹시 당신은 거지…인가요?

나는 예의를 갖춰 물었다. 그는 고개를 흔들거나 아니요. 라고
도 하지 않았다. 잠시 후 그는 나를 향해, 그만 쳐다봬 고개를
어서 다른 데로 돌리지 못해! 할 것 같은 험악한 표정으로 나를
쏘아보았다. 금방이라도 주먹을 쥐고 나의 머리통을 수박 쪼개듯
내릴칠 것처럼 보였다.

그만 쳐다보란 말이요!

그가 결국 내가 예상한 그 말을 하자 나는 좀 실망했다. 저런
몰골이라면 예측하지 못한 언행을 해야 걸맞다고 생각했다. 그때
강한 바람이 불자 그의 머리통에 착 달라붙은, 마치 미역이 바위
에 붙은 것처럼 좀처럼 떨어지지 않을 것처럼 보였던 그의 머리
카락들이 반대 방향으로 돌아섰다.

당신은 광인인가요?

난 처음 보는 사람에게 대단히 무례하고 버릇없는 질문이라고
생각이 들었지만 지금 그의 얼굴에 적당한 질문이라고 생각했다.

왜 여기 있는 겁니까?

내가 계속 물었더니 그는 작고 가느다란 눈썹을 찌푸린 채 고개를 돌리며 짧게 말했다.

난 봤어. 그걸….

나는 깻잎처럼 달라붙은 그의 머리칼을 보며 이 사람은 혹시 귀신을 보는 역술인일 수도 있다는 생각이 들었다. 당신은 혹시 거지를 가장한 점쟁이가 아닌가요? 묻고 싶었지만 나는 인내심을 발휘하여 입을 꾹 다물었다. 그는 눈동자를 허공에 고정한 채, 혀끝으로 자신의 부르튼 입술을 빠르게 핥았다.

저기 그게… 뭘 봤다는 거죠? 나는 참지 못하고 또 물었다.
그건 설명할 수 없어. 당신이 직접 봐야지. 그는 연회색 눈동자를 굴리며 반말로 대꾸했다.

그때 그는 몸을 벽에서 좀 떨어지며 뒷머리를 쓸어 올렸는데 생각보다 머리카락이 너무 많아 어떤 식물이 연상되었다. 그는 헝클어진 자신의 머리카락을 갈퀴같은 손가락으로 빗질하며 귀찮은 표정을 지었다. 그가 머리통을 움직일 때마다 하얀 비듬이 어깨 위에 눈처럼 내려앉았다. 그의 어깨에 사뿐히 내려앉은 비듬을 보다못해 내가 손으로 털어주려 할 때, 그가 갑자기 내 허리를 잡아끌었다. 나는 순간 덫에 걸린 토끼처럼 놀라서 그의 손에서 빠져나가려 했지만 그는 작정한 듯 나를 놓아주지 않았다. 어디에서 그런 힘이 나오는지 악력이 굉장했다. 나는 그 순간 이놈이 거지를 가장한 강도였구나 하는 생각이 들었지만 침착함을 잃지 않으면서 제법 유머러스한 농담을 건넸다.

거, 이봐요. 그렇게 계속 힘주면 똥 나와요. 힘 빼요. 힘 빼!

나의 재치 있는 농담을 못 알아들었는지 그는 여전히 두 손을 나의 허리춤에서 빼지 않았다. 안 되겠는걸. 좀 더 웃겨 보아야지. 나는 혀로 손바닥을 한번 핥고는 말했다.

그렇게 나를 놓아주지 않으면 내가 당신 이마를 이빨로 긁을 수도 있어요. 나는 이마의 맛을 좋아하거든요.

말을 마치자마자 나는 그의 이마를 빤히 쳐다보았다. 눈썹 위에 자리한 이마는 역시 더러웠다. 혹시 이 사람은 석탄을 캐는 광부가 아닐까. 내가 말한 이마를 입술로 알아들었는지 그는 초라하게 부르튼 자신의 입술을 오므렸다. 그가 여전히 특별한 반응이 없자 나는 화가 나서 손을 뻗어 그의 불알을 움켜쥐려 했다. 그것이 최선의 방어라는 생각이 들었다. 나는 거지를 위장한 강도인 이놈이 계속 아무 말도 하지 않고 나의 허리춤을 잡고 있다면 어떻게든 혼을 내줘야겠다는 생각이 들었다. 하지만 남들이 보면 이건 야밤에 교회 앞에서 하는 씨름 경기처럼 보일 것 같다는 생각이 들어 주위를 둘러보았다. 그가 힘이 빠졌는지 아니면 또 무얼 보았는지 나를 힘없이 놓아주었다. 그러더니 그는 일어서서 밤공기를 이마로 비비더니 중얼거렸다.

이제 보여주어도 되겠군. 당신은 고약한 냄새가 나지 않아.
뭘요?

내가 묻자 그는 잠시 서서 왼쪽 갈비뼈를 몇번 긁더니 주머니에서 종이 한 장을 꺼내 들고 나를 쳐다보았다. 당연히 그가 들고 있는 종이가 궁금해서 나는 참지 못하고 그것을 빼앗았다.

이게 뭔가요?
토번(吐藩).
뭐예요? 그게?
설국(雪國)의 지도지.

드디어 그가 정상인으로 보이게 입을 열었지만 복화술을 하는 사람처럼 입을 거의 벌리지 않은 채로 웅얼거리는 바람에 나는 최대한 귀를 그의 입 쪽으로 집중해야 했다.

자세히 보시오. 그가 말했다.

종이를 눈앞으로 올려 보니 이렇게 쓰여 있었다.

동쪽에 있는 토번국(吐蕃國)은 눈 덮인 산과 계곡 사이에 있는데,
(사람들은) 모직물로 만든 이동식 천막을 치고 산다. 사람들은 모두
땅을 뚫어서 구덩이를 만들어 누워서 별을 본다. 사람들은 매우 까
맣고 흰 사람은 아주 드물다. 언어는 다른 여러 나라와 같지 않다.
대부분 이(虱)를 잡는 것을 좋아하며, 털옷과 베옷을 입기 때문에
이가 매우 많다. 사람들은 (이를) 잡자마자 얼른 입안에 던져 넣고
오물거린다.

이거, 당신이 적은 것인가요? 사람들이 벼룩을 먹는다고요?
아니. 벼룩이 아니라 이(虱). 그는 나의 말을 수정해 주었다.

그는 가만히 서서 다시 한 번 허공에 혀를 내밀어 맛을 보더니
자신의 발을 내려다보았다. 발은 동상에 걸린 듯 얼어 있었다. 한
낮의 햇볕을 충분히 받아야 할 언 발이었다. 벽에 붙어 있을 때
는 몰랐는데 막상 몸을 일으키니 그는 거인에 가까운 거대한 몸
을 가지고 있었다. 나는 놀랐지만 그렇다고 입을 벌려 비명을 지
르지는 않았다. 그는 벽 아래 놓여있던 행장을 들어 등에 메었는
데 행장 안에는 커다란 염주가 뱀처럼 똬리를 틀고 있었다.

종이에 기록된 그곳에 가보시오. 그가 판청을 부리며 말했다.
그곳 사람들은 정말 빈대를 먹는 사람들인가요?
빈대가 아니고 이. 이라니까. 그가 못마땅한 표정을 지었다.

내가 이해가 되지 않는다는 표정을 지으며 그를 바라보자 그가 이 밤에 어울리는 목소리로 말했다.

가보시오.
그리고….
그곳의 냄새를 맡아봐요.

내가 서성이자,

그들에게는 군대가 있소. 그가 말했다.
먹는 것이 보잘것없고 추운 곳에 사는데 어떻게 군대가 있나요?
나는 고개를 갸우뚱했다.
문자도 있소.
그의 이마와 두피에 오렌지 빛이 부글거렸다. 밤이지만 그는 어느새 땀에 젖은 얼굴처럼 활기차고 기름져 보였다. 이를 잡아먹는 수준인데 문자가 있다니요?

그는 잠시 침묵했다가 말을 이어갔다.

그곳에는 훌륭한 왕이 있기 때문이요.

왕이요?

송첸감포(松贊干布). 그는 설원의 부락들을 정벌하고 대제국인 당
(唐)나라를 위협할 정도의 강한 군대를 양성했소. 자신들만의 글자
를 만들려고 사신들을 인도에 보내기도 했고. 그 왕은 겁도 없이
당나라의 공주, 문성공주(文成公主)와 혼인을 요구하기도 했다오.

당 황제가 용납할까요?

전쟁에서 이기면 요구할 수 있소. 오만한 당나라 군대가 설인의 군
대에 졌지 않겠소.

대단한걸요. 이를 먹고사는 배고픈 사람들이 어떻게 막강한 당나라
군대를 이길 수 있죠?

작은 말을 탄 장수와 큰 말을 타는 장수 중에 누가 더 빨리 뒤를
돌아보며 활을 쏠 수 있을 것 같소? 그가 질문했다.

그야, 작은 말이겠죠. 덩치가 작으니, 바람의 저항도 덜 받을 거
아닙니까. 나는 손가락으로 허공에다 바람 '風' 자를 그리며 말했다.

그거요. 그 이를 먹은 설국의 사람들이 당나라 군대를 물리친 이유가.

그럼 정말 당의 공주가 그 설역의 왕에게 시집을 갔단 말인가요?
나는 어느새 그가 거지를 위장한 강도라는 생각보다 고행을 자초한
승려 같아 보였다.

그렇소. 궁 안에 살던 공주가 공기도 모자라는 고원의 왕에게 시집
을 갔소. 그는 마치 자신이 애지중지하던 딸이 그렇게 된 것인 양,
쓸쓸한 목소리로 대답했다.

기뻤을까요? 그 공주는. 나는 주머니 속의 종이를 만지작거리며
물었다.

모르겠소. 사람의 인생이 태어난 곳에서 바뀌듯, 그녀의 인생도 설
원에서 바뀌지 않았겠소. 그는 이제 가려는 듯 행장의 허리끈을 조
여 매며 말했다.

여기서 멀지 않는 곳에 문성공주 사당이 있소. 가서 직접 물어보시오.

그는 이제 갈 곳이 정해진 듯 자세를 잡고 앞쪽으로 눈길을 주었다. 그 순간 나는 그의 바지 오른쪽 주머니가 밖으로 비죽 나와 있는 것을 발견했다. 그것은 마치 주머니 안에서 자리를 잡고 있는 어떤 동물의 뿔처럼 여겨졌다. 허락도 동의도 없이 그의 바지 속으로 손을 넣어 그것을 만져보고 싶은 충동이 일어났지만 그건 종이를 건네준 그에 대한 예의가 아니라는 생각이 들어 마음을 눌렀다.

그는 아직 도착하지 않는 시간을 향해 귀를 기울이듯 서 있었다. 그때 그의 몸에서 어떤 냄새가 흘러나왔는데 우유에 달을 섞은 냄새랄까. 처음 맡는 냄새였다. 고귀한 식물에서 나는 땀 냄새 같았다. 그는 더 이상은 나를 상대할 시간이 없다는 듯 허공을 그윽하게 쳐다보더니 앞을 향해 걸어갔다. 나는 그가 가는 곳이 궁금했지만 멍청히 그의 뒷모습만을 쳐다보며 그가 나에게 남긴 종이를 꺼내 들여다봤다. 달이 기지개를 켜고 종이를 비춘다.

10

오른쪽으로 5킬로미터. 방향을 알리는 화살표 밑에는 공주같이 치장한 그러나 공주의 몸이라고 보기에는 다소 무리가 있는 우량

한 여자의 동상이 서 있다. 황제는 공주에게 티베트 왕의 두 번째 왕비가 된다는 사실을 알려주었을까. 그곳으로 올라가면 다시는 친정으로 돌아오지 못한다는 것을 말해 주었을까. 공주는 이곳 일월산을 넘던 도중 슬퍼서 아버지가 하사한 거울을 보며 하염없이 눈물을 흘렸다고 했다. 그 눈물이 고여 호수가 된 것이 지금의 '청해 호수'라고 하지 않던가. 얼마나 울어야 눈물은 호수가 될까?

다리가 후들거리고 어지럽다는 생각이 들었을 때 커다란 동상 앞에 도착했다. 올려다보니 문성공주의 사당이라고 쓰여있다. 아무래도 오늘은 여기서 노숙을 해야 할 거 같다. 밤은 깊었고 몸은 피곤했다. 동상 밑에 옷가지로 자리를 만들고 나뭇가지를 주워와 불을 피운다. 잔가지를 겹겹이 쌓고 허리를 굽혀 작은 불길의 아래쪽에 입으로 바람을 솔솔 불어 넣는다. 창백한 나뭇가지들 사이로 불길이 오르는 것이 보인다. 나는 나무를 조절하고 불의 모양을 잡으며 몸을 가까이했다. 그때 마치 내가 그러기를 기다렸다는 듯이 모기 한 마리가 날아와 내 이마에 앉아 침을 꽂은 후 피를 빨아먹기 시작했다. 나는 이 높은 곳에 모기가 있다는 게 이상하다는 생각을 했지만 가만히 내버려 두었다. 숨을 쉬는 생명이라면 그것이 뭐든, 나눌 수만 있다면 그렇게 해야 한다는 게 나의 신조는 아니었지만 이 밤에는 뭐든 함께하고 싶었다. 혹시 피가 좀 빨리면 혈액순환이 잘 돼서 기분 좋게 잘 수도 있을 것이라는 생각도 들었다. 그런데 나의 피가 입에 맞지 않는지 모기는 날아올라 모닥불 속으로 스스로 들어갔다. 순식간에 모기의 몸통이 불 속에서 번쩍 하더니 없어졌다.

잘못 본 것일까. 이 밤에 너무 애처로워 보이는 자작나무 뒤쪽에서 한 여인이 미심쩍게 나를 쳐다보고 있다. 한참을 그러더니 그녀는 내가 사람인 것을 확인한 양 치마의 끝을 쥐고 걸어오는가 싶더니 뛰어오는 것이 아닌가. 그녀는 마치 귀에 들어간 물이라도 빼려는 듯 고개를 털면서 달려왔다. 나는 순간 이게 꿈이라도 좋을 정도로 그 여인은 멀리서 봐도 아름다워 보였다. 부드러운 달빛이 나의 발가락 사이를 간질이며 얼른 일어나 그녀를 맞이하라고 부추겼다. 나는 일어나 두 손을 맞잡고 섰다. 그녀와 술을 마시며 밤새 이야기하고 싶을 정도로 이런 갑작스런 분위기는 나를 충분히 설레게 했기 때문이다. 그런데 그녀가 다가올수록 놀란 것은 거의 현실적이지 않게 여겨질 정도로 그녀는 풍만한 몸을 소유하고 있다는 것이었다. 통통한 아기 코끼리라고 해야 마땅할 것 같았다. 흙이 파이고 땅이 울릴 정도로 그녀의 보폭과 울림은 굉장했다.

쿵.

쿵.

쿵.

그녀가 나를 향해 뛸 때마다 바닥에 다소곳이 앉아있는 낙엽이 흔들릴 정도로 주위는 움직였다. 기대와 기이함이 동시에 몰려왔다. 아래쪽 강가에서 불어오는 바람이 못마땅했지만, 나는 기분이 좋으면 언제나 그랬듯이 손바닥을 몇번 비볐다. 지금 나를 향해 진격해 오는 그녀의 정체가 무엇인지는 알 수 없었지만, 혹여나 여우일지라도 나를 태워서 어디론가 데려간다면 흔쾌히 받아들이고 저항하지 않을 것이라고 마음먹었다. 그녀의 발걸음 소리가 가까워지며 몸의 윤곽이 구체적으로 드러나기 시작했다. 아기 코끼리의 출현을 알리는 듯 주위의 나뭇가지들은 더욱 소란스럽게 흔들렸다. 어떤 새 소리도 들렸는데 꿩인지 공작새인지는 알 수 없었다. 마침내 내 앞까지 뛰어온 그녀는 허리를 숙이고 숨을 헐떡이며 꺼져가는 불씨를 바라보았다. 작은 나뭇가지를 태우고 있었기 때문에 불은 얼마 갈 것 같지 않았다. 한참 동안 그녀는 두 손을 무릎에 대고 가만히 있었다. 숨이 가빠 벌어진 입속에서 떨어진 침은 땅을 흠뻑 적셨다. 그녀는 이 밤에 어울리는 장갑을 끼고 있었다. 그런데 내가 잘못 본 것인지, 그녀가 낀 장갑은 손가락이 여섯 개로 보였다. 그 정도쯤은 나의 쾌락의 기준에서 보면 좀 싱거운 측에 속하는 것이라 개의치 않았다. 한참만에 그녀가 허리를 펴자 나는 악수를 해야 할지 포옹을 해야 할지 잠시 고민했다. 그러는 사이 그녀의 얼굴을 쳐다보았는데 눈

은 고단해 보였지만 눈 밑의 뺨은 체리처럼 붉었다. 고맙게도 마
치 나를 위해 먼 곳에서 쉬지 않고 뛰어온 표정이었다.

힘들어 보이는데, 우선 앉으세요.

나는 그녀를 쳐다보며 모닥불에 가까이 앉으라고 권했다. 불씨
를 뒤적여 따뜻한 온기를 되찾으려는 나의 노력이 가상했는지
그녀는 치마를 손으로 고쳐 잡으며 나의 맞은편에 앉았다.

11

이곳에서….
천 삼백 년을 자고 있었어요.

그렇게 말한 그녀는 모닥불의 따뜻함을 전해 받아서인지 얼굴
이 자두처럼 빨갛게 변했다. 그녀는 두 손을 앞으로 뻗어 불을
감싸 안았는데 여전히 장갑은 빼지 않았다.

혹시… 당신은
문성공주인가요?

내가 설레며 물었더니, 그녀는 네 그럼요 하고 대답하지 않고 돌연 치마 속으로 손을 넣더니 나비가 그려진 작고 귀여운 잔을 꺼냈다. 그리고선 내가 들고 있는 머그잔을 빤히 쳐다보며 물었다.

그건 술인가요?

나는 당황했지만 솔직히 이런 황당한 분위기를 즐기는 편이라 차분하게 대답했다. 이건 '철관음'이라는 차(茶)인데, 술은 아니지만 술의 맛이 날 수도 있어요. 내가 가득 따라주자 그녀는 작은 입술로 호호 불며 마셨다. 입술은 내가 좋아하는 살짝 위로 뒤집힌 모양이었고 머리카락은 역시 천 년 이상을 충분히 잔 사람처럼 부스스했으며 말갈기처럼 자유스럽고 질서 없게 엉겨 있었다.

인간은 새로운 환경을 두려워하지 말아야 해요. 그죠?

그녀는 잔에다 입술을 대고 호호 불며 말했다. 하지만 무서웠을 때의 기억은 오래가죠. 그때는 정말 점점 빨리 도는 공위에 올라가려는 코끼리가 된 기분이었어요. 그녀는 타닥거리며 스스로 잘 타고 있는 나뭇가지를 보며 말했다.

사실, 그곳에 가기 싫었어요. 정말로요. 한 번도 궁을 나서 본 적

도 없고 듣기에 그곳은 족히 일년은 걸어서 가야 하는 먼 곳이었
죠. 그곳에 누가, 어떻게 살고 있는지도 궁금하지 않았고요.

그녀는 침울한 어조로 말을 이어갔다. 마치 잠자기 전 엄마가
≪백설 공주와 일곱 난쟁이≫를 읽어주며 가슴에 손을 얹고 토
닥이는 기분과 속도로.

그때 나는 둥그런 공을 발로 긁을 뿐 그 위로 한 번도 올라가지는
못하는 기분이었어요. 매일 울었죠.

그녀는 울컥했는지 검은 하늘을 잠시 올려다보았다. 그녀의 이
야기를 듣자마자 나는 재를 쑤시던 막대기로 땅에다 그림을 그
리기 시작했다. 코끼리가 럭비공에 올라가려다 미끄러지는 그림
을 그렸다.

매일 밤 울었어요. 술도 마셨어요. 시(詩)를 지었지요. 그녀는 여
전히 장갑을 벗지 않고 말을 했다. 설원의 제국, 토번. 그곳으로
가다가 겨울이 되어 이곳에서 몇 달 머무른 적이 있었어요. 차가운
겨울은 나의 몸과 마음을 송곳으로 찌르는 느낌이었어요. 하지만
봄, 봄이 되자 이상하게도 새로운 마음이 일어났죠. 신기했어요.

그녀의 얼굴은 이제 복숭아처럼 솜털이 드러나 보였고 보기

좋게 발그스름해졌다. 나는 바닥에 새로운 그림을 그리며 그녀의
이야기를 경청했다. 코끼리가 기어코 럭비공에 올라서서 귀를 너
풀거리는 모양을 그렸다.

그분은 어떤 분일까? 나의 남편이라는 그분은 잘생겼을까. 왕이라
했는데 든든하고 씩씩한 분 아닐까? 그렇게 생각하니 마음이 한결
좋아졌어요. 이곳에서 겨울을 나고 다시 길을 떠났지요. 길은 험했
습니다. 깊은 골짜기, 폭설, 눈표범, 고산 증세, 감기로 무척이나
고단했어요. 당연히 포기하려고 했지요.

나는 바닥에 그리던 그림을 멈추고 그녀의 입술 옆에 난 보조
개를 보았다. 보조개라기보다는 동물에게 물린 것 같은 흔적에
가까웠다.

어느 날은 큰 강물을 만났는데 그때는 거기서 죽을 것 같다는 생각
이 들었어요. 강의 물살이 너무 강해 모두들 공포에 떨었거든요.
말(馬)은 앞으로 나아가지 못했어요. 그때 저는 타고 있던 말의 눈
을 가렸어요. 저도 눈을 가리고 건너기로 마음먹었죠. 급하게 흘러
가는 물을 보면 무섭잖아요.

눈을 가린다는 것이 좀 의아해서 물었다.

말의 눈을 가렸다고요?

네. 그런데 실패했어요. 말들이 물에 빠져 허우적거렸죠.

왜죠?

왜일까요? 저도 생각했죠. 가만히 생각해 보니 그건 '소리' 때문이었어요. 굽이치는 물소리, 멈추지 않는 물소리, 바위를 쓸어버리는 물소리 그리고 그 물이 우리를 잡아먹을 것 같은 공포감. 살아 움직이는 강물 소리는 들으면 들을수록 무서웠어요. 그때 생각했죠. 소리가 불안과 공포를 줄 수 있다는 것을.

나는 강물과 소리와의 관계를 떠올리며 물었다.

그래서요? 그다음은 어떻게 됐죠?

이번에는 말의 귀를 막아 소리를 듣지 못하게 했죠. 그랬더니 신기하게도 두려움과 공포가 사라졌어요. 눈앞의 강물은 그저 흘러가는 물에 지나지 않았죠. 우리는 귀를 막고 눈을 감고 무사히 강을 건넜어요.

밤에 말(馬)을 타고 강을 건넜다는 이야기를 듣고 나는 말이 엄청 힘들었겠네요. 라고 묻고 싶었다. 그녀는 그런 나의 속내를 알아챈 듯, 통통한 두 다리를 앞으로 뻗으며 말했다.

알아요. 지금 당신이 무얼 생각하는지?

뭐요? 나는 태연스럽게 물었다.

당신은 지금 내 몸에 관심이 있죠?

아니요. 아닙니다. 나는 과하게 손사래를 쳤다.

괜찮아요. 여기서 나의 이야기를 듣던 많은 사람은 거의 모두 그랬어요. 공주인 내가 너무 심하게 살이 찐 거 아닌가 하는 표정으로 나를 쳐다보았어요. 하지만 당신들이 잘못 알고 있는 게 있어요.

그게 뭐죠? 나는 급하게 물었다.

서두르지 말아요. 밤은 길어요. 그녀는 추운지 두 다리를 불씨 쪽으로 옮기며 말했다.

내가 살던 당나라에서는 미(美), 그러니까 아름다움의 기준은 큰 양(羊)입니다. 먹음직스러운 통통한 양을 말하죠. 빼빼 마른 몸으로 젓가락처럼 걸어 다니는 사람들은 예쁘다고 생각하지 않아요. 오히려 불치병에 걸린 것으로 간주하죠. 혹시 장애물을 뛰어넘는 경기 아니신가요?

알지요. 나는 허들을 떠올렸다.

우리는 일 년에 한 번씩 궁에서 그 경기를 했어요.

오. 그때도 그런 경기가 있었군요.

진창을 힘껏 뛰어 쌓여있는 똥 덩어리를 뛰어넘는 경기를 사흘 밤낮을 했죠. 축제였어요. 그 시절 장안(長安)에서 열렸던 그 대회에서 일등 한 여인은 미인대회의 첫 번째 관문을 통과한 것이라 할 수 있죠. 그 대회에서 나는 일등을 했습니다.

그러더니 그녀는 통통한 발목을 내보이고 머리카락을 가르며 귀엽게 올라온 뒷목을 보여주었다. 나는 그녀의 이야기를 듣고 그동안 내가 생각하고 있었던 미인의 기준을 수정해야겠다고 생각했다. 그녀는 이제 자신의 몸에 관한 오해가 풀렸을 거라고 생각했는지 다시 토번으로 가는 여정을 이야기했다.

강을 무사히 건너고 나는 기뻐서 시(詩)를 지었어요.

시요?

이렇게요.

천하의 강물이 모두 동쪽으로 흘러가건만,

나만 홀로 서쪽으로 가는구나.

12

어때요? 그녀는 처음으로 수줍은 표정을 지으며 나에게 물었다. 멋져요. 시인 같아요. 나는 만족스런 표정을 지어 보이며 대답했다. 그녀는 흡족한 듯, 이제야 자신의 매력을 내가 알아본 것이 아쉬운 양 다소 격앙된 소리로 이야기를 이어갔다.

이년의 고생 끝에 나는 결국 설원의 그곳, 토번이라는 설국에 도착했습니다. 나를 원한다는 왕과 신하들은 모두 나와서 나를 환영해 주었습니다. 나는 그날로 토번의 왕비가 된 겁니다. 백성들은 처음 보는 나를 위해 명절에 입는 알록달록한 옷차림을 하고 춤과 노래로 맞이해 주었고 왕은 나를 위해 대소사(大昭寺)라는 사원을 지어 주었습니다.

 그녀는 금방이라도 일어나 춤과 노래를 할 듯 흥겨운 표정으로 말했다. 나는 그녀가 춤을 추는 동작을 상상했다.

 나를 위해 지은 불교 사원은 근사했어요. 그 사원 앞에는 내가 당나라에서 가져온 버드나무를 심었는데 사람들은 당류(唐柳) 혹은 공주류(公主柳)라고 불렀습니다. 그곳은 평안했고 활기찬 사람들로 가득했어요. 그때 나의 남편이자 토번의 왕인 그는 당나라의 사위임을 나타내기 위하여 아버지가 보낸 옷을 입고 사람들 앞에 나타나기도 했습니다. 그는 체구가 컸으며 수염을 멋지게 길렀답니다.

 그녀의 이야기를 들으며 나는 불에 넣을 작은 나뭇가지를 좀 더 가져와야겠다고 생각했다. 불이 꺼지면 왠지 그녀가 춥다고 돌아갈 것 같았기 때문이었다. 그녀는 몸을 불 쪽으로 기울이며 이야기를 계속할 자세를 잡았다. 오줌이 마렵고 혈압이 올라가는 기분이 들었지만 나는 자리를 떠날 수 없었다. 불 주위는 손을 대면 그런대로 따뜻했지만 불 너머의 검은 밤은 추위가 웅크리고 있었다.

 그곳은 완전히 다른 세상이었습니다. 라싸. 그곳은 토번의 수도였는데 내가 살던 장안과 같은 대도시였습니다. 하지만 사람들이 사는 집은 좀 특이했습니다.

힘을 잃어가는 불씨를 뒤적이며 나는 물었다.

어떻게요?
라싸의 집은 이 층에서 삼 층으로 이루어져 있는데 옥상은 비 올 때를 대비해 경사진 기울기를 고려한 것 같았어요. 창문은 나무와 돌로 이루어져 있는데, 창틀은 알 수 없는 기름을 발라 번들거렸으며 홍색과 황색을 띠고 있었고, 집은 외관에서 볼 때 전체적으로 단단한 돌맹이로 정렬된 듯 했고 흰색으로 칠해져 있었죠. 항상 부는 건조한 바람 때문인지 라싸의 주민들은 습관적으로 그들의 방을 청소했고, 이층의 베란다에는 낭만적으로 꽃을 진열하기도 했습니다.

하지만 그들이 음식을 하고 밥을 먹는 공간은 지저분하고, 시큼한 냄새가 났으며 실내는 연기로 가득했습니다. 냄새나고 자욱한 연기는 야크 똥으로 추위를 막기 위해 난로의 연료로 사용하기 때문이라고 나의 남편이자 왕은 친절하게 말해 주었습니다.

나는 그녀의 이야기를 듣는 척하며 불 앞에서 붉게 물들어 있는 그녀의 얼굴과 항아리처럼 퍼진 치마를 훔쳐보았다. 그리고 곧 부끄러운 마음이 들어 나는 나의 뺨을 세차게 때리고 그녀의 이야기를 다시 경청했다.

포탈라 궁 앞마당에서 벌어지는 종교 활동은 외부에서 찾아온 사람들로 혼잡했어요. 오체투지 하는 사람들로 거리는 붐볐고 매월 8일, 10일, 15일, 30일에는 사원의 라마승들이 거리로 나와 춤과

노래, 공연을 했어요. 그 광경을 몇 차례 목격한 나는 그들의 신앙
심에 놀라지 않을 수 없었어요. 혹시 당신도 그곳에 가게 되면 포
탈라 궁에 꼭 가보도록 해요.

나는 고개를 끄덕였다.

그곳은 온종일 수많은 이방인이 모여들어 흡사 세상의 모든 사람의
집합소 같은 인상을 주었는데 유목민과 상인, 순례객 그리고 중국
에서 온 한족인과 이방인들 심지어 무슬림 상단들도 거주하고 있었
어요.

무슬림요? 머리에 두건을 쓰는 사람들 말인가요?

라싸는 고립된 도시가 아니었습니다. 사람들은 교류와 무역을 위해
기꺼이 라싸로 모여들었습니다. 인도에서는 면직물, 향료, 소총,
장신구를, 중국에서는 차, 비단이 들어와 양모, 금, 사향 등과 바
꾸었습니다. 나는 남편에게 물었죠. 왕이시여, 이곳에 왜 이렇게
사람들이 많이 몰려오는 거죠?

이곳에는 사람들이 원하는 것들이 많소. 나의 남편은 그렇게 대답
했어요.

그녀의 목소리가 생기가 없어 보이자, 나는 요기할 무언가를
줄듯이 두리번거리며 마치 오소리라도 잡아 와 구울 기세로 일
어나려는 순간, 그녀는 못마땅한 표정을 지으며 말했다.

부탁인데, 제 말을 끝까지 들어주세요.

나는 죄를 지은 아이처럼 고개를 끄덕였다. 불씨는 아직 견딜

만했다. 그녀는 그동안 못 한 이야기를 다 하려는 듯 마지막 힘을 내고 있었다.

저는 그곳이 좋아지기 시작했습니다. 제가 있던 그곳과는 전혀 다른 곳이었습니다. 높은 곳에 있었지만 모든 것이 다 있었어요. 그래서 장안에서 가져온 보물과 수레를 사람들에게 나누어 주었죠. 궁의 법도를 버리고 토번의 풍속을 따르고자 아버지께서 하사하신 궁녀와 노비도 모두 돌려보냈습니다. 당으로 돌아가는 그들에게 금과 비단을 나누어 주었죠. 내가 혼인을 해서인지, 당과 토번은 평화로운 관계를 유지했습니다. 마음이 편안해지니 잠도 잘 자고 용변도 잘 누었습니다. 고원이라 용변은 나오자마자 부풀어 올랐습니다. 처음에 나는 놀랐지요. 내 몸에 무슨 이상이 있는지 걱정했어요. 그랬더니 높은 곳은 공기가 부족해서 그래서 몸에서 나오는 물질은 잠시 부풀어 오른다고 남편이 말해 주었습니다. 그럴 때마다 나는 남편이 아는 것이 많다고 생각했습니다.

그녀는 어느새 남편 자랑을 하고 있었다. 나는 확연히 꺼져가는 모닥불 기운에 온몸이 노곤했음에도 불구하고 그녀의 이야기가 한없이 연장되기를 바랐다.

저는 나날이 행복했습니다. 다시는 저 아래의 세상으로 가지 않아도 좋을 만큼 그곳은 저를 위해 존재했습니다. 그러던 어느 날 남편이 죽었습니다. 나는 크게 상심했고 혼자가 되었습니다. 남편이 죽었다는 소식을 들은 날 나는 쓰러져 통곡했습니다. 피를 토했죠.

그때 어찌나 울었던지 몸에 지니고 있던 작은 옥이며 보석이 바닥에 떨어져 모두 깨질 지경이었죠. 남편이 죽은 후 나는 너무나 비통했고 우울했으며 남편을 따라 죽고 싶었습니다.

그녀는 당시를 떠올리는 듯 괴로운 표정을 지었고 두 손으로 머리를 감싸 쥐었다. 나는 그녀의 눈치를 보며 물었다.

아직 아침이 오려면 시간이 솜 남았어요. 좀 너 이야기해도 괜찮아요. 그래서 그 후로 어떻게 됐나요? 왕이 죽은 후 그녀의 정신 상태가 궁금했다. 그녀는 뜻밖의 말을 했다.

그때 난 당에서 가져온 칠현금(七絃琴)을 꺼냈습니다. 칠일 밤낮을 현(絃)을 탔죠.

칠현금이요?

악기예요. 현을 튕기며 가사를 지었죠.

어떤 내용이죠?

이런 거였어요.

하루가 큰 꿈을 꾸는 거 같아.
홀연히 문기둥에 난조 한 마리 날아들어
곁눈질 해보니
새는 어느새 꽃 밑에 숨어 울고 있네.
왜, 우냐고 물어보려는데
새는 하늘로 올라가 구름에 머리를 부딪치네.

2부

0

한 덩어리의 산소라도 더 먹으려고 사람들은 저마다 입을 벌린다. 죽지 않을 만큼의 산소가 들어온다. 눈을 감아도 눈을 떠도 산소는 딱 그만큼만 들어온다. 라싸역. 나는 내리자마자 열차를 위로하려 머리 쪽으로 다가갔다. 용의 열차는 청록색 솜털을 드러내며 기진맥진한 모습을 하고 있다. 산소는 나만 부족한 것이 아니었어. 애썼어. 산소가 부족하면 너도 어쩔 수 없지. 내가 중얼거리며 열차 머리를 쓰다듬어 주려 손을 드는데 두 명의 공안이 저쪽에서 나를 쳐다본다. 내가 물러서지 않자 머리통보다 큰 모자를 쓴 한 명이 다가오며 말한다.

거기, 당신?
네, 저요?
그래 당신, 거기서 뭐 하는 거요?
네. 저는 방금 열차에서 내린 관광객입니다.

그가 팔을 들어 출구를 알려준다. 노려보면서. 그런 그의 언행은 불쾌하게 느껴졌지만 지금 당신의 손짓이 마음에 들지 않아! 할 만한 용기는 나지 않아 나는 열차의 꼬리 부분을 잠시 쳐다보고 뒤돌아섰다.

1

의심할 바 없는 노인의 몸을 하고 있는 할머니가 쪼그리고 앉아있다. 청록색 옥반지가 빠져나갈 듯 두 손을 오므리고 누굴 기다리는 표정이다. 그 앞을 토끼가 그려진 가방을 메고 깡충 뛰어가는 아이가 보인다. 저 아이도 언젠가는 자기 손등에 검버섯이 얼룩지고 혈압약 때문에 오줌이 자주 마려워서 커피도 조절해 마실 날이 오겠지. 인생에 갑자기 속도가 붙고 그러다 보면 어느덧 시간이 훌쩍 지나가 버리는, 정말로 뼈와 잇몸이 힘을 잃어 아파져 오는 시간이 저 아이에게도 오겠지. 할머니는 멀미를 하는지 고개를 들지 못했고 아이는 그 앞을 솟아나는 풀처럼 뛰어간다.

라싸역은 생각보다 컸다. 천장이 높아서 그런가? 아님 어지러워서 그런가? 역 내부는 넓고 크게 느껴졌다. 서울역보다 3배 정도 큰 건물이라고 뒤에 선 사람이 아는 체를 한다. 안 봐도 안다. 한국인이다. 같은 모양, 같은 무늬, 같은 분위기를 가진 사람들은 대부분 한국인이다. 약속이나 한 듯이, 서로가 알아보는 아웃도어를 입고 히말라야 등정이라도 계획한 동호회처럼 비슷한 등산화를 신고 있다. 같은 방향과 같은 분위기를 좋아하는 사람들.

나는 고개를 돌려 안을 크게 둘러보았다. 순간 휘청 한다. 여

기서는 목을 돌리는 데도 산소가 필요하다. 건물은 티베트의 상
징적 색깔인 주황색과 흰색, 노란색이 조화를 이루고 있다. 주황
색은 힘을 뜻하고, 흰색은 평화, 노란색은 종교를 상징한다. 나는
주황색 벽기둥을 향해 서서 두 손을 마주보게 하고 아무도 들리
지 않게 혼잣말을 했다.

2

여권을 받아든 그녀가 못마땅한 표정으로 나를 내려다본다. 모
자를 벗으라고 손짓한다. 말로 해야지. 손으로 까딱여? 나는 기분
이 상했지만 바로 모자를 벗었다. 여긴 티베트이니까 어쩔 수 없
지. 나는 구겨진 모자를 쥐고 헝클어진 머리를 매만진다. 안경도
벗으라고 한다. 이번에는 눈짓으로 명령한다. 안경은 왜요? 상관
없잖아요. 항의하고 싶었지만 나는 바로 안경을 벗고 심지어 미
소까지 지었다. 여권 속에서 반듯하게 자리하고 있는 나의 얼굴
을 노려보던 그녀가 퇴근이 임박한 표정으로 묻는다.

이곳에는 무슨 일로?
그야, 관광이죠. 라싸는 누구나 오고 싶어 하는 성지니까요.

나는 그녀의 눈치를 살핀다. 그녀는 인내심 있게 여권 속의 나와 컴퓨터를 대조한다. 불법 체류자나 스파이의 얼굴을 찾으려는 것일까. 내 얼굴이 그쪽에는 어림도 없을 텐데. 그런데 말이죠. 사실은 이곳을 시찰하러 왔어요. 당신들이 티베트인들을 얼마나 못살게 구는지, 실종된 판첸 라마는 어디에 잡혀 있는지, 사원이나 유적지를 얼마나 파괴했는지 보려고요. 나는 또 그 알 수 없는 맹랑한 장난기가 올라와 그렇게 말하고 싶었다. 하지만 또 언제나 그랬듯이 비굴한 표정을 지으며 아무 말도 하지 않았다. 시신을 먹는 새를 보러 왔다고, 영혼을 탐구하는 라마승을 보고 싶다고, 정직하게 대답하면 다시 다른 질문을 계속할 거 같아 나는 그냥 관광이라고 했다. 그녀가 나의 애정 어린 미소에도 불구하고 또다시 의심쩍은 눈으로 나를 훑는다. 하지만 그래도 퇴근은 해야겠는지 여권에 도장을 찍는다.

여권을 되돌려 받으며 나는 내가 스스로 돈을 지불하고 또 스스로 이 높은 곳까지 올라와서 저 신경질적인 여자에게 왜 굽신거리는 몸짓을 해야 하는지 생각했다. 그리고 곧 그런 불필요한 언행이 있는 곳이, 스파이와 폭탄 테러의 위험이 있는 공간이 바로 역이고, 라싸의 보안 검사대가 아닌가 하는 생각이 들었다. 중국은 넓고 사람은 많으니까.

3

역을 나오자마자 나는 얼른 공기를 향해 입을 벌렸다. 입술을 오므려 공기를 빨아들이는데 저만치서 누군가 친척을 발견한 양 기쁘게 뛰어온다. 택시 운전사. 그의 얼굴은 그을린 가마솥 같고 한쪽 귀밑에서부터 다른 쪽 귀밑까지 구레나룻이 이어져 있다. 그가 콧등의 땀을 문지르며 말한다.

포탈라 궁?

내가 서서 머뭇거리자 운전사는 수건을 목에 두르며 내 짐을 낚아챈다. 나는 택시 안으로 들어가 손을 밖으로 내밀었다. 고개를 비스듬히 돌려 하늘을 본다. 저런 색? 하늘이 세상에 나오기 이전의 하늘은 저런 색일까. 우주에서 한 줄기 빛을 쏘아 저런 하늘을 만들었을까? 구름이 내려와 이마에서 살랑거린다. 저 구름을 타고 포탈라 궁으로 가고 싶다. 손오공처럼. 순간 머리를 획 돌려서일까. 가슴이 뻐근하다. 야구 방망이로 목젖을 한 대 맞는 느낌이다. 그때야 나는 아이쿠, 여긴 고원이지. 천천히 움직여야 하고 말을 적게 해야 하고 물을 자주 마셔야 하는 하늘 아래 그곳. 나는 천천히 숨을 들이마시며 한 손을 뺨에 괸다.

7월의 자연. 태양은 훌륭하게 자신의 역할을 발휘하고 있다. 구름 또한 스스로를 어찌할 수 없는 때가 있는 듯 이리저리 돌아 다닌다. 기울어진 백미러로 나를 보던 운전사는 중간에 한 번 쉬 어가겠다고 한다. 그곳에는 커다란 불상이 길가에 있는데 사람들 이 사진 찍으며 쉬어가는 곳이라고 했다. 나는 숨이 찰까 봐 대 답하지 않고 고개만 끄덕였다. 택시는 생각보다 잘 달렸다. 속도 는 느리지만 이 정도면 제법이다. 도로는 포장되었다. 세련된 표 지판과 광고판도 보인다. 오, 저건 핸드폰 광고인데. 커다란 숫자 가 길게 적혀있다. 저렇게 길고 넓은 광고판은 처음이다. 저것도 풍경의 일부일까?

> 저게 얄룽창포(雅魯藏布)강인가요? 나는 누런 물을 바라보며 물었다.
> 이곳 사람들을 먹여 살리고 죽음을 책임지는 강입니다. 운전사가
> 자랑하듯 대답한다.

황톳빛을 발산하는 강은 암갈색 산을 따라 흐르고, 무성하지 않은 나무들은 강에 얼굴을 비춘다. 수면에 소용돌이가 잠시 보 이기도 했는데 그건 역시 산소가 부족해 강이 화를 내거나 답답 함을 표현하는 것 같았다.

택시가 속도를 붙여 협곡을 돌자 속이 울렁거린다. 목을 창밖 으로 빼 입을 헤. 하고 벌린다. 전봇대가 줄지어 서 있다. 산언덕

에 줄지어 박혀있는 전봇대는 인간의 뇌에 대못을 꽂아놓은 것 같이 흉물스럽다.

수년째 공사 중이에요. 도시 전체가…….

길이 닦이고 저 아래 평지에서 이곳으로 사람들이 경쟁하듯 올라온다고 운전사는 화난 가이드처럼 말했다. 길옆으로 공사의 현장이 보인다. 노동자들의 벌건 등판이 태양에 달구어져 곧 벗겨질 것 같다. 내가 상상한 양과 야크가 노니는 평화로운 초원의 모습은 아직 보이지 않는다. 여전히 모자란 듯 박고 있는 전신주와 시멘트를 나르는 거대한 트럭들만이 질주한다.

4

저기서, 좀 쉬었다 가시죠.

내가 깜빡 잠이 들었다 깬 것은 운전사의 먼지 낀 목소리 때문이었다. 그는 차 문을 열자마자 손바닥을 비비더니 햇볕을 충분히 가릴만한 커다란 모자를 썼다. 차 안에서 아직 머리를 들지 못하고 있는 나를 보고 운전사가 손끝으로 한곳을 가리킨다.

　　저길 보세요. 저쪽이요.

　그가 말한 방향으로 얼굴을 돌리니 거대한 석불이 보였다. 저기서 다들 사진 찍고 갑니다. 운전사는 그곳을 쳐다보며 나보고 사진 찍어줄까요. 했지만 나는 그냥 좀 걷고 싶다고 했다. 간신히 눈을 뜨고 현실로 돌아왔지만 여전히 몸은 진흙에 파묻힌 양 무겁고 피로했다. 나는 한 손으로 차양을 만들며 석불 방향으로 걸어갔다. 곳곳에 부처의 신봉자들이 벌처럼 떼 지어 움직이는 것이 보인다. 헝겊으로 머리를 감싼 여인은 합장을 하고 있고 어떤 할아버지는 석불의 발등에 지폐를 올려놓는다. 또 어떤 이는 뺨까지 내려오는 모자를 쓰고 생각에 잠긴 채 주위를 반복적으로 돌고 있다. 나는 석불의 거대한 발가락에서 걸음을 멈추고 위를 쳐다본다. 부처는 고요한 얼굴로 앞을 보고 있다. 기뻐하는 표정도 황홀한 표정도 아닌, 내면을 향해 조용히 미소 짓는 뺨을 하고 있다. 그는 알 수 없는 입술을 머금고 있었는데 저건 나와 가장 큰 차이점이라고 할 수 있을 거 같았다. 한참을 올려다보는 바람에 목이 아팠지만 나는 고개를 떨구지 않았다. 그의 눈은 특별했다. 조용히 내리깐 시선이랄까, 거기에 차분히 공기를 장악

하고 있는 손, 그리고 또 그 손끝에 달린 손가락들. 그 열 개의 손가락들은 하나하나 고요와 안정을 말하고 있었으며 침묵이 무엇인지를 보여주는 듯했다. 나는 인내심 있게 목을 쳐들고 영원히 뜀박질할 것 같은 그의 심장을 찾아보았다. 무엇을 추구하거나 무엇을 모방하지 않고 또 무엇을 발명하고자 하는 욕망이 거세된 그의 심장이 튀어 나올 것 같았다. 그의 심장은 결코 깨뜨릴 수 없는 숭고함 속에서 부드립게 숨을 쉬고 있었다. 어깨와 허리. 그곳에도 어떤 경쟁이나 질투 어떤 추구나 욕망, 어떤 소유나 분투의 흔적은 보이지 않았다. 그저 영원히 시들지 않을 것 같은 광채와 평화만이 감돌았다. 나는 눈물이 나기 시작했다. 그건 눈부신 태양 때문이 아니었다. 알 수 없는 분위기와 감정이 올라왔기 때문이었다. 이 높은 고원에서 누가 어떻게 저걸 만든 걸까? 저 거대한 돌덩이를 쪼개고, 가르고, 다듬는 신념은 어디에서 나오는 걸까. 어지러움을 넘어 구토가 올라오기 시작했다. 하지만 나는 내 앞에 존재하는 저 거대한 부처를 좀 더 오래 보고 싶었다. 다시는 이런 거대한 존자를 볼 수 없을 것 같은 기분이 올라와 목을 수그리지 않았다. 그는 다소 무거운 입술을 하고 있었지만 새로운 무언가를 나에게 가르쳐 주거나 설법하려는 모양은 아니었다. 나는 그 점이 좋았다. 그의 가르침은 입에서 나오는 것이 아니라 지금 조용히 존재하는 머리와 어깨, 그의 두 손과 허리, 커다란 엉덩이와 두 발에 있다고 생각했다. 누군가의 말처럼 진리와 가르침은 입으로 전해지는 것이 아니라 그의 마디마디 손가락과 발가락에 있다는 생각이 들었고, 그것이 맞다는 생각이 들었다. 그만큼 석불은 완벽한 존재감을 주었다. 눈빛이 진리를 뿜어내고 두 개의 코가 세상의 냄새를 호흡하고, 목덜미에서 처음 맡는 향기가 풍기는 것 같았다. 나는 이제까지 제법 많은 부처의 모양을 보았지만 여기 이곳의 부처만큼 경외감이나 숭고함이 솟아나는 것을 느낄 수가 없었다. 나는 느닷없는 결심을 했다. 오늘은 굶으리라. 먹는 것을 멈추리라. 그래야 할 것 같았다. 그것이 어이없게도 나에게는 신의 땅, 라싸를 향해 가는 첫걸음이라는 생각이 들었다. 나의 결심이 기특했는지 부처님이 영롱한 눈알을 굴리며 나의 이마 위에서 밝게 그리고 투명하게 빛났다.

내가 간신히 나의 목을 만지며 마침내 통증을 느낀 것은 허리춤에서 어떤 아이가 나에게 손을 내밀었기 때문이다. 티베트 소녀. 아이의 깨진 손톱이 보인다. 평화를 사랑하는 이곳에도 거지는 있구나. 지구에서 거지가 없는 나라는 얼마나 될까? 전쟁과 굶주림은 영영 사라지지 않는 걸까? 빤히 쳐다보는 아이에게 나는 사탕과 접혀진 5위안을 주었다. 아이가 바로 길가로 뛰어간다. 어깨가 날개처럼 드러난 아이의 가녀린 등. 두터운 화장을 하고, 빨강 루즈를 칠하고, 딱따구리처럼 재잘거리고, 손톱에 무늬를 그려 넣고, 핸드폰을 들여다보는 평지의 아이들과는 다른 등이다.

석불 뒤쪽으로 돌아갔다. 그곳에는 당나귀 한 마리가 서 있었다. 오후여서 노천의 해는 달아올라 지면의 열기를 끌어올려 모자를 쓴 사람도 땀을 흘리는데, 녀석은 창백한 얼굴을 하고 입을 우물거리며 앞발로 흙을 툭툭 차고 있었다. 다가가보니 놈의 눈에는 갈색의 떼가 잔뜩 낀 데다 꼬랑지는 날파리 같은 것들이 달라붙어 있었고 생기가 없어 보였다. 입은 무언가를 씹고 있는 것 같아서 가만히 보니 검은 비닐이었다. 나는 배낭에서 과자를 꺼내 코 밑으로 던져주었다. 놈이 킁킁하더니 얼른 혀를 내밀어 과자를 끌어당긴다. 그때 길가에서 놀던 아이들이 나타나 당나귀 엉덩이 쪽으로 돌을 던졌다. 놀랐는지 놈은 앞발을 공중으로 들더니 말 같은 소리를 냈다. 아이들은 와와 하며 달아났다.

5

라싸광장. 나를 내려주고 운전사는 목에 걸린 수건을 허리와 가슴에 퍽퍽 몇 번 치더니 바로 사라졌다. 저기가 포탈라 궁이라고 고갯짓을 하고는 돈을 받자마자 그는 온 길로 되돌아갔다. 광장에 서서 나는 사방을 둘러보았다. 길가에는 환하게 밝혀진 가로등들이 일정한 간격으로 서 있었지만 나는 마음이 왠지 어수선했다.

전설적인 티베트의 왕들, 달라이 라마가 살았다는 포탈라궁은 범선 같았다. 홍수가 나면 언제든 떠날 준비가 돼 있다는 듯, 궁은 안정감 있게 붉은 언덕 위에 앉아있다. 방이 천 개나 있다는 저곳의 주인은 달라이 라마다. 하지만 집주인은 지금 저 궁에 살지 않는다. 1959년 암살의 위협을 느껴 야밤에 도주했기 때문이다. 히말라야를 넘어 인도로 갔다. 소년으로 도망친 그는 지금 할아버지가 되었다.

포탈라궁의 꼭대기에서 붉은 천이 펄럭이고 있다. 다섯 개의 별이 매섭게 박힌 오성홍기. 그게 이곳의 심장에 박혀있다. 예수님의 손바닥에 대못을 박은 것처럼, 붉은 깃발은 의기양양하게 라싸의 밤을 지배하고 있다.

국기에는 그 나라의 거대한 냄새가 담겨져 있다. 거기에는 전쟁과 평화의 시간이 담겨있다. 침략과 정복, 침묵과 저항, 탐욕과 소유의 냄새가 숨겨져 있다. 펄럭이는 오성홍기에서 정복의 냄새가 흘러나온다.

정복은 타인의 권리와 생명보다 중요한 것인가? 펄럭이는 깃발을 쳐다보니 정복자의 얼굴이 상상된다. 누구보다 먼저 침범하고 점유하여 자랑하듯 깃발을 심어야 직성이 풀리는 사람들. 이 높은 곳까지 올라와 기어코 저 오만한 국기를 달라이 라마의 집에다 치장해야 잠이 왔을 사람들. 수평이 수직을 제압하고 은둔의 설국에 제국의 자치구(自治區)를 건설하면서 그들은 몇 번의 오르가슴을 느꼈을까.

티베트에도 국기는 있다. 설산사자기(雪山獅子旗). 태양을 바치고 있는 두 마리의 사자. 하지만 아무리 둘러봐도 두 마리의 사자는 보이지 않는다. 밤이라 사자는 어디선가 잠을 자고 있는 것일까. 내가 라싸에서 가장 먼저 본 장면은 야크와 양의 얼굴을 하고 거리를 활보하는 티베트인들의 얼굴이 아니라 남의 집에서 명랑하게 펄럭이고 있는 붉은 국기였다.

6

먼저 시장을 구경하면서 빈대떡이나 순대국밥 비슷한 것이 있으면 그걸로 일단 요기를 하고 숙소를 찾는 것이 좋겠다는 생각이 들었다. 어느 도시를 가도 기분을 들뜨게 하는 야시장은 있잖은가. 지도를 꺼내 들고 방향을 가늠한다. 여기서 오른쪽으로 가다 보면 조캉사원(大昭寺)이 나오는데 그 사원 입구 쪽에서 또 오른 방향으로 돌면 바코르(八角街)광장을 표시하는 푯말이 나온다고 쓰여있다. 부풀어 오른 캐리어를 잡아당겨 앞으로 나아간다. 노점상들이 길 양쪽으로 보이기 시작했다. 삼륜 자전거도 줄지어 손님들을 기다리고 있다. 웅크린 채로 엎드려 있는 큰 개의 모습도 보인다. 그리고 그 개의 옆쪽에서 어떤 사람이 쭈그리고 앉아 있었는데 언뜻 보아도 주정뱅이 같아 보였다. 또 그 주정뱅이처럼 보이는 사람 옆에는 고양이 한 마리가 머리를 쓰레기통에 처박은 채로 통 안을 뒤지고 있었는데 밖으로 살랑거리는 꼬리만 보면 표범처럼 윤기 있고 힘이 있어 보였다. 주정뱅이로 보이는 그 사람이 나를 발견하고는 가까이 오라는 듯 손짓을 한다. 나는 뒤를 돌아보았지만 아무도 없는 것으로 보아 내가 당연한 듯했다. 나는 힘들어하는 캐리어를 달래 가며 그의 곁으로 갔는데 역시나 술 냄새가 물씬 풍겼다. 고량주에 막걸리를 섞은 냄새가 났다. 나는 바로 몸을 돌렸다. 그러자 그 주정뱅이는 오히려 나의 몸에서 이상한 냄새가 난다는 듯 땅바닥에 토하기 시작했다. 이곳에도 술취한 사람은 있구나. 그래. 거지와 술을 좋아하는 사람은 어디에도 있지. 어쩌면 그들은 여행에 필요한 구성 요소일지도 모른다는 생각이 들었다. 나는 쓰레기통 뒤로 펼쳐진 도로를 따라 걸어갔다. 도로 끝에는 광장으로 보이는 원형이 붉은 페인트로 그려져 있었는데 *그곳*은 한밤인데도 불구하고 사람들이 둥글게 모여 있었다. 한쪽 다리를 잃은 개처럼 나의 캐리어는 온전치 못한 소리를 냈는데 사람들은 그것이 못마땅한 것인지 나를 쳐다보았다. 한쪽 다리가 성치 못하다고 개를 버릴 수 없듯이 나 또한 나의 캐리어를 보살필 의무가 있었다. 캐리어는 산소가 모자라 폐가 부풀어 터질 것 같다는 소리를 내며 나에게 애틋한 신호를 보냈다. 하지만 어쩔 수 없잖아. 여긴 라싸잖아. 산소는 너에게만 모자라는 게 아니야. 나는 책망하는 눈초리로 캐리어를 노려보고는 그냥 앞쪽으로 나아갔다. 간신히 앞쪽에 자리를 잡고 앉았는데 옆에는 할머니처럼 생긴 어떤 소녀가 지팡이를 짚고 앞을 보고 있었으며 그 아이의 옆에는 보호자로 보이는 할아버지가 붉은 원피스를 입고 염주를 돌리며 서 있었다. 소녀의 등은 마치 곱사등이처럼 굽어 있었고, 등에서 비죽 나온 것들이 하늘로 솟아 있었다. 등뼈 같았다. 나는 그 등을 보자 부드럽게 쓰다

듣어 주고 싶었지만 그렇게 하면 소녀가 부끄러워할 거 같아 그렇게 하지 않았다. 분주하지만 질서 있게 모여 지켜보는 그곳에는 가면을 쓴 사람들이 나팔과 징 소리에 맞추어 춤을 추고 있었다.

저건 뭐 하는 거죠? 내가 옆의 소녀에게 물었다.
라마승들의 춤과 노래입니다. 소녀 뒤에 있던 할아버지가 대답했다.

잠시 후 광장의 중앙으로 염소 한 마리가 끌려 나왔다. 염소는 특유의 표정으로 가만히 있다가 음 메 하고 몇 번 소리를 내었다. 자신도 이 상황을 모른다는 소리처럼 들렸다. 잠시 후 턱에 커다란 반점이 자리잡은 라마승이 걸어오더니 염소를 바닥에 주저앉히고 턱을 몇 번 간지럽혔다. 염소는 기분이 좋은지 부드럽게 음메 하며 눈을 가늘게 떴다. 잠시 후, 라마승은 광장에 모인 사람들에게 인사를 한 후, 자신의 등을 염소의 등과 맞대고 앉더니 눈을 감는 것이 아닌가. 서로 등뼈를 맞대고 있는 모양이었다. 나는 그 광경이 제법 흥미로워서 지켜보았다. 저건, 라싸에서만 있는 한밤의 공연인가? 지금 여긴 시장이니까. 어느 나라를 가도 시장은 늘 이런 풍경이 있잖아. 나는 그냥 감상하기로 했다. 하지만 결국 저건, 뭐 하는 거죠? 하고 할아버지에게 또 묻고 말았다.

소리를 전달해 주는 겁니다.

누가요? 저 사람이 염소에게요?

지켜봐요.

등을 맞대고 있던 라마승이 무언가를 소리 내어 암송했고 염소는 가만히 있었다. 마치 라마승이 자신의 소리를 염소에게 전달하는 것이 아닌가 하는 생각이 들 정도였다.

인간과 동물이 등을 맞대고 뭐 하는 건가요? 나는 또 참지 못하고 물었다.

소리 전달이오. 할아버지는 나를 쳐다보지도 않고 대꾸했다.

그런데 왜, 저렇게 해요?

뼈. 등뼈를 세우기 위해서지요.

뼈요?

뼈를 튼튼하게 하는 방법은 소리 전달이 최고지요.

그럼 지금 누가 누구의 뼈를 세우는 건가요?

라마승이 염소에게. 할아버지는 반말로 짧게 대답했다.

나는 다소 이해가 되었다는 듯이, 염소를 지켜보았는데 염소는 피가 얼굴로 몰렸는지 안면이 벌겋게 충혈돼 있었다. 그리고 잠시 후 염소는 참을 수 없다는 듯이 음 메 헤 하고 소리를 질렀는데 사람들은 박수를 쳤다. 하지만 염소의 장기인 한결같은 얼굴 표정은 금방 돌아왔다. 피가 쏠려 흥분되거나 아프다거나 힘들다거나 하는 적극적인 표정은 드러나지 않았고 수염만이 뾰족하게 앞으로 뻗어 있었다.

노래와 춤 그리고 염소와 등을 맞대고 경전을 암송하는 라마 승의 공연이 끝나자 안쪽에서 나팔을 불던 또 다른 라마승이 중앙으로 오더니 주머니에서 무언가를 꺼냈다. 녹색의 유리병이었다. 그는 크게 말했다.

몸이 가렵거나 고산병이 온 사람은 이 약을 써봐요.

그는 병을 높이 쳐들었다. 혹시 사람들이 못 알아들을까 봐 그는 손으로 몸의 특정 부위를 가리키기도 했는데 사람들은 박수를 치며 웃기만 할 뿐 정작 사는 사람은 없었다. 그러자 그는 그 수많은 사람 중 나를 발견하고는 얼굴과 사타구니 쪽을 번갈아 쳐다보았다. 그러자 나는 나도 모르게 반쯤 옆으로 돌아섰고 그가 든 녹색의 유리병과는 전혀 상관없다는 표정을 지었다. 그는 유리병을 힘없이 허공에서 내리며 다시 한 번 나를 쳐다봤는데 그때 나는 저건 우황청심환 같은 것이 아닐까 하는 생각이 들면서 솔직히 사고 싶은 충동이 들었다. 약 효과만 있다면 그러니까 지금의 이 두통과 숨 가쁨이 완화된다면 사고 싶었다. 사람들이 다 흩어질 때까지 나는 그 자리에 앉아 있었다.

염소와 라마승의 (등)뼈 맞대기 공연은 확실히 끝난 듯했다. 하지만 노인 두 명이 끝까지 앉아서 일어나지 않았다. 나는 인내심을 가지고 그들이 집으로 돌아가길 기다렸다. 어느덧 시간은 밤을 지나 새벽을 향해 달려가고 있었다. 두 노인은 약을 사고 싶었지만 돈이 모자란 듯 아쉬운 얼굴로 돌아갔다. 모두가 돌아가고 혼자 남았다는 확신이 들자 나는 녹색의 유리 약병을 꺼내 들었던 라마승에게로 다가가 물었다.

좀 팔았나요?
반값에 줄 터이니 한 병 사시오!
나는 나도 모르게 고개를 끄덕였다.

그는 나의 얼굴이 창백하다며 한 병을 더 주겠다고 했다. 나는 손사래를 쳤으나 그는 기어코 내 주머니에 또 한 병을 찔러 넣어주었는데 그것은 정체를 알 수 없는 빨간색 유리병이었다. 원기회복에 도움이 될 거라고 말하는 그에게 그럼 먼저 먹어보라고 하고 싶었지만, 그는 어느새 염소에게 다가가 수염을 어루만지더니 목에 걸려있는 끈을 잡아당겨 사라졌다.

나는 뜨끈한 국밥을 먹기 전, 이 병의 액체를 먼저 마시고 싶었다. 공복에 마시면 효과가 더 좋을 것 같았고 맑고 개운한 머리와 몸으로 내일의 계획을 침착하게 생각할 수 있을 것 같았다.

주위를 한번 둘러보고 나는 먼저 녹색의 액체를 입안에 털어 넣었다. 음, 이건 박카스 맛이로군. 별거 아니었어. 목의 갈증도 사라지고 몸이 가벼워지는 느낌이 들었다. 심지어 눈알도 시원해지는 기분이 들었다. 나는 활력이 생겼는데 정작 어디로 가야 할지는 몰랐다. 하지만 뭐 이런 게 여행이지 하면서 무작정 앞으로 걸어갔다. 그렇게 한참을 걷자 다리가 아프고 배가 고팠다. 라마승이 선물로 준 빨간 물병이 생각났다. 이거라도 마셔야겠군. 나는 주머니에서 그것을 꺼내 바라보았다. 특성이라든지 효과라든지 그런 흔한 글귀와 설명은 어느 곳에도 보이지 않았다. 그저 투명한 병에 담긴 빨간 물이었다. 나는 홀짝 마셨다. 단맛이 났다. 이것도 별거 아니군. 나는 다시 걷기 시작했다.

  그러나 잠시 후 나는 도저히 걸음을 가눌 수도 없을 정도로 창자가 꼬이는 느낌이 들었다. 배의 뒤틀림이 너무나 갑작스러워 나는 사방을 두리번거렸지만, 화장실은커녕 어디 하나 어두운 구석도 골목도 보이지 않았다. 결국 예상치 못한 끔찍한 일이 벌어졌다. 나에게 준비할 시간도 주지 않고 설사가 터져 나온 것이다. 신의 도시 라싸에서, 창피하게도 나는 설사를 싸야만 했다. 뜨거운 그것이 엉덩이와 허벅지를 타고 복숭아뼈까지 흘러내렸다. 기분은 상했지만 속은 편해지는 느낌이었다. 몸의 힘이 모두 빠졌고, 그때야 내가 먹은 그 물약이 두통 완화제인지 아니면 엉터리

약인지 알 수 없다는 생각이 들었다. 나는 도저히 이 상황을 견 딜 자신이 없어 그 자리에서 주저앉고 말았다. 마치 지나가는 사 람들이 보기에는 먼 길에서 온 여행자가 다리가 아파 잠시 휴식 을 취하는 것처럼 말이다. 불편하지만 인내심을 가진 덕분에 주 위는 완전한 고요에 도달했다. 조용했고 나를 주의 깊게 쳐다볼 사람들도 보이지 않았다. 나는 가방 속에서 두루마리 휴지와 수 건을 꺼내 바지 속으로 밀어 넣어 허벅지와 엉덩이 여기저기를 문질렀다. 새벽을 준비하는 가로등들이 나를 애처롭게 쳐다보고 있었다.

7

그 시각에 불이 켜져 있는 곳은 거기뿐이었다. 맥없이 깜빡이 는 간판을 발견한 나는 길에서 돈을 주운 것보다 기뻤다. 무엇보 다 찝찝한 그곳을 해결해야 했다. 박력 있게 문을 열고 들어가니 식당 안에는 마지막 손님으로 보이는 사람이 계산대 앞에서 돈 을 치르고 나가는 모양이었다. 식당은 어두웠으며 이제 하루의 장사를 마쳐야 한다는 듯 천장에 매달린 형광등은 피곤해 보였 다. 나는 두리번거리며 화장실을 찾았다. 저기군. 한눈에도 화장

실이라고 확신할 수 있을 정도로 침침한 복도가 보였다. 배낭에
는 수건과 칫솔 도구만 있을 뿐 정작 갈아입을 옷은 캐리어에 있
었다. 어쩔 수 없이 식당 바닥에 캐리어를 다소곳이 누이고 비밀
번호를 눌렀다. 덜컥하며 순조롭게 가방 문은 열리지 않았다. 나
는 당황했지만, 아, 착각했군! 다시 한 번 번호를 조합했다. 열려
진 가방 사이로 옷, 라면, 냄비, 책, 손전등, 안내 책자, 양말, 비
누, 램프, 등산화 등이 각자의 자리에서 공기가 모자란 듯 부풀어
있었다. 팬티와 추리닝을 찾아야 하는데 다른 것들만 눈에 들어
왔다. 주인장으로 보이는 사람이 다가와 호기심 어린 눈초리로
등 뒤에서 벌어진 내 가방을 들여다본다. 참나, 창피하지만 할 수
없잖아. 길거리에서 똥 싼 마당에 가릴 게 뭐가 있어. 나는 상황
을 차분하게 받아들이려 노력했다. 가방 밑 안쪽에 팬티와 러닝
은 구겨져 있었다. 젠장, 팬티 한 장 찾는 데 온 힘이 다 들어가
네. 나는 손을 깊숙이 넣어 비닐 팩을 꺼냈다. 그때까지도 주인장
으로 보이는 그 사람은 내 등 뒤에서 재미있다는 듯이 나를 내려
다보고 있었다.

뭘로….

주인장이 메뉴판으로 보이는 종이를 탁자 위에 놓으며 말한다.

내가 메뉴판을 집어 눈으로 가져가려는 순간 부엌에서 턱에 칼자
국이 선명한 노인이 고양이를 가슴에 안고 다가와 묻는다.

꼬리아?

그들 뒤로 머리를 양 갈래로 따고 보라색 앞치마를 두른 여인
이 또 나타났다. 이들은 한 가족인가? 나는 가까우면서도 뭔가
허전한 그들과의 공간을 채우기 위해 어떤 말을 해야 할 것만 같
았다.

볶음밥 비슷한 거, 5위안
몰라, 2위안
알 수 없는 채소, 3위안
주인장이 추천한 만두, 3위안

나는 주문을 하고 복도 끝 화장실로 가면서 주인장이 추천한
만두는 괜히 시켰다는 기분이 들었다. 이게 화장실이군. 예상은
했지만, 도저히 차마 여기서 다리를 벌리고 옷을 갈아입을 수 없
을 것 같다는 생각이 강하게 들었다. 똥이 여기저기 언덕처럼 쌓
여있고 오줌은 바닥에 갈겨져 있었으며 어떤 새끼가 그랬는지
그 똥 덩어리 위로 허연 침이 흘러내리고 있었다. 아무래도 그냥

나가는 게 낫겠어. 차라리 참는 게 나을 것 같았다. 나의 허락도 없이 터져 나온 설사는 이미 허벅지와 엉덩이에서 그새 말라붙어 있었고 견딜 만했다. 얼음이 가득한 콜라 한잔을 마시면 기분이 나아질 것 같았다.

염소와 야크가 등을 맞대고 있는 접시에 밥과 채소가 나왔다. 나는 밥사발을 손바닥에 받쳐 들고 젓가락으로 그것들을 입에 쓸어 넣었다. 볶음밥이라 그런지 가끔 오이나 당근 같은 것도 씹혔다. 거품이 사라진 콜라가 나온 순간 나는 기뻐서 박수를 칠 뻔했다. 얼음이 없어 밍밍했지만 트림이라고 간주할 만한 것이 나왔다.

주문도 하지 않은 생선 한 마리가 접시 위에 올라와 나를 노려보고 있다. 서비스인가? 내가 미심쩍은 표정으로 쳐다보자 아니나 다를까 주인장이 손을 들어 먹으라는 시늉을 한다. 그냥 준다는 표정이 가득하다. 내가 젓가락을 드니, 여기까지 힘들게 올라와서 꼭 나를 처먹어야겠니? 하는 생선의 눈알이 보인다. 얄룽창포강에서 건져 올린 물고기일까. 티베트인들은 생선을 먹지 않는다고 들었는데…. 아가미가 괴이하게 생긴 그 물고기의 전신을 살피며 나는 머뭇거렸다.

허기를 채우고 거리로 나오자 안개가 자욱한 새벽이 나의 이마를 덮는다. 어디로 가야 하나? 배는 부르고 몸은 노곤하다. 어둠과 고요 속에서 나는 바닥을 발로 몇 번 문질렀다. 침체되고 차가운 어떤 기운이 주위를 감싸고 있는 느낌이 들었다. 그때 어떤 물체가 휙 하며 내 앞으로 지나가는 느낌이 들었지만 그건 순전히 나의 기분이라고 생각되었다.

좀 전에 먹었던 음식들이 뱃속에서 요동친다. 게걸스럽게 많이 먹은 것일까. 덜 먹고, 덜 걸어야 하고, 덜 숨 쉬고, 덜 생각해야 하는데. 그 모든 것을 반대로 다 했다. 속이 급작스럽게 메스꺼워 허리를 굽히는데 저 앞에 좁은 골목이 보인다. 뛰어 들어가 벽에 손을 짚고 섰다. 헛구역질 몇 번에 방금 먹은 것을 다 게워냈다. 어지럽고 다리에 힘이 빠진다. 나도 모르게 내가 뱉은 토사물 위에 힘없이 주저앉는다.

한참 만에 벽을 더듬어 일어서니 찻집으로 간주할 만한 가게가 골목 끝에서 반짝인다. 나는 반가운 마음에 그곳으로 뛰어갔다. <달팽이 찻집>이라고 써진 간판에 마주 보고 있는 달팽이 두 마리의 그림이 그려져 있다.

창가 쪽, 천장에 닿을 듯한 선인장 옆자리에 앉았다. 가게 안은 향긋한 찻집이기보다는 식물원을 연상시키는 식물과 냄새, 습기가 가득했다. 절그럭거리며 한쪽 다리를 저는 노인이 오더니 주문하라고 한다. 나는 이 시간에 어울릴 만한 음료가 무엇이냐고 물었고, 그러자 그는 '달팽이 등껍질 차'가 좋다고 대답했다. 내가 바로 좋다고 하자 그는 불편해 보이는 다리로 바닥을 쓸며

돌아섰다. 다가올 때는 노인이라고 생각했는데 뒤돌아 걷는 뒷모
습은 영락없이 소년의 등이다. 곧고 솔직해 보였다. 그가 부엌으
로 사라지자 문이 열리고 손님들이 들어온다. 남자 셋 여자 하나.
이 시간에 배회하는 사람들은 나 말고 또 있었다. 그들은 어둑한
구석에 앉았지만 소리는 들릴 정도였다.

> 모자를 벗으며 한 남자가 말했다.
> 절벽 꼭대기까지 올라가야 한대. 시신을 메고.
> 나도 들었어. 그 소문. 다른 남자가 두발을 꼬며 그곳에는 새가 산
> 다고 했다.
> 새?
> 응. 새.
> 해부사도 그곳에 있대. 시신을 가르고 자르는…
> 흥미로운걸. 여자가 말했다.
> 거기가 어딘데? 가만히 듣고 있던 다른 남자가 물었다.
> 누가 그러더라고. 절벽 정상 하늘 아래 있다고. 그는 덜렁거리며
> 달려 있는 어떤 집을 시늉하는 듯했다.

나는 그들의 이야기를 들으며 나도 모르게 등을 뒤로 기댄 채
귀를 기울였다. 어쩌면 내가 가고자 하는 곳이 그곳인지 몰랐다.
나는 노곤하고 피부가 가려웠지만 그들의 이야기를 계속 들으려
고 정신을 집중했다. 가서 물어볼까. 그곳이 어디냐고! 내가 차와
육포를 살 테니 좀 더 자세히 말해달라고 정중히 요청해 볼까.

그때 여인이 발밑으로 손을 내려 무언가를 집어 올리는 것이 보였다. 달팽이였다. 천 년을 기약하고 어디론가 가는 것처럼 달팽이는 한없이 느린 배밀이로 바닥을 기고 있었다. 네 개의 뿔을 고독하게 치켜들고 더듬더듬, 먼 길을 나서고 있다가 그녀에게 붙잡힌 모양이다.

오. 이것 봐요. 그녀는 달팽이를 눈앞까지 집어 올렸다. 네 개의 뿔이 꼬물거린다. 너를 먹어줄게. 너를 먹는다는 것은 너에게 내 안을 허락한다는 거야. 너에게 내 몸을 열고, 나의 혀와 이빨 뼈와 근육, 허파와 심장을 보여준다는 거야. 나에게 구애하지 않아도 내가 너에게 나를 보여주는 것이지. 어때? 그녀가 말하자, 알아들었는지 달팽이의 뿔이 잠시 허공에서 멈추었다. 그녀는 입을 크게 벌렸다.

8

혹시 어찌할 바를 모를 상황이 발생하면 서장대학(西藏大學)으로 가게.
거기서 눔마사랑 교수에게 연락하게.
그리고 나와 자네의 관계를 말하고 도와달라고 하게.

지도교수는 나에게 호의를 베풀 듯 그렇게 말하며 그 티베트

인 교수의 전화번호를 주었다. 그게 생각난 건 내가 게워낸 토사
물이 말라붙은 바닥에서 밤새 잠을 자고 깨어나서다. 아이와 엄
마로 보이는 순례자의 그늘이 내 얼굴을 간지럽힐 때, 그들의 시
커먼 발꿈치가 내 눈에 보였을 때, 그때서야 난 난처한 표정을
지으며 일어났다. 그리고는 멍하니 그 (모녀)순례자의 오체투지를
보면서 이 곤란한 상황을 어쩌지 하다가 지도교수의 말이 떠오
른 것이다.

> 자네가 찾아간다고 꼭 만난다는 보장도 없네.
> 그가 백설 공주를 기다리는 상냥한 난쟁이처럼 항상 학교에 있지는
> 않단 말이지.
> 일 년의 반은 티베트의 어느 곳에 가 있지.
> 행운을 비네.

어디다 넣었더라? 그 사진을 찾아야 하는데. 나는 가방을 뒤졌
다. 아, 여기 있네. 사진은 ≪소리와 그 소리에 관한 기이한 이야
기≫ 책에 꽂혀있었다. 뒤통수에 동그랗게 머리칼을 땋아 올린
티베트 교수, 온화하고 공손하며 맑은 목소리를 낼 것 같은 인상
이다. 무성한 의견을 경계하고 언쟁을 할 것 같지 않은 표정이다.
그를 찾아가자. 만나서 나의 애처로운 모습을 보여주자. 나는 지
도를 펼쳐 방향을 잡았다. 이 높은 곳에 대학이 있다니 믿어지지

않는다. 캠퍼스는 어떤 모습일까? 학생들은 어떤 옷을 입고 어떤 표정을 하고 있을까? 갑자기 몸에 생기가 돌고 어제의 더러운 기분이 사라지는 느낌이 들었다.

저기가 학교 정문인가? 처음 보는 악기를 목에 두르고 연주를 하고 있는 소년이 정문 옆에 서 있다. 소년은 처음 듣는 멜로디를 연주하고 있었다. 음률은 명상 음악처럼 반복된다. 내가 다가가 보니 악기를 메고 있는 소년의 목은 고정돼 있고 얼굴은 비스듬히 어딘가를 쳐다보고 있다. 염소의 등처럼 새카만 얼굴, 해진 반바지, 끈이 잘려 나간 샌들, 그의 발밑에는 카우보이모자가 뒤집혀 있고 그 속에는 구겨진 1위안이 보인다. 소년이 내 쪽을 쳐다본다. 내가 끌고 있는 캐리어 가방 소리가 거슬리는 모양이다. 그때 내 옆으로 휙 하고 어떤 물체가 빠르게 스쳐갔다. 라싸의 유령인가? 내가 그렇게 터무니없는 생각을 한 것은 머리에 검은색 두건을 쓰고 얼굴에 진한 무언가를 바른 형체가 빠르게 내 옆구리를 스쳐 지나갔기 때문이다. 복면을 쓰고 얼굴을 가렸지만 순간 나는 그 복면 속에서 빛나는 검은 눈동자와 흰빛을 보았다.

나는 그 형체에 이끌려 이 시간 나의 본분을(눔마사랑 교수를 알현하여 나의 처지를 호소하고 숙식을 부탁하려는) 뒤로하고 복면의 그것을 따라가기 시작했다. 그런 충동적인, 순간적인, 본능적인 행동은 매번 후회하는 결과를 가져왔지만 어쩔 수 없었다. 그건 나의 취미에 가까운 습관이었기 때문이었다. 뒤에서 보니 잘록한 허리에 달린 알록달록한 매듭과 보라색의 긴 치마로 보아 여인일 가능성이 높다는 생각이 들었다. 나는 언제나 그랬던 것처럼 나도 내가 왜 그러는지 잘 모르겠지만 저 앞에서 품위 있게 걸어가는 복면 여인의 얼굴을 확인하기 위해서 그녀보다 빠른 보폭으로 그녀를 쫓아갔다. 배낭을 멘 등은 벌써 땀으로 축축했지만 마치 경보(競步)를 연습하는 국가대표 선수처럼 빠른 걸음으로 나아갔다. 정신이 혼미해지고 숨이 가빴지만 복면의 여인을 보고 싶다는 마음이 들어서 참았다. 여인의 몸이 속도를 낸다. 눈치를 챈 것일까. 나는 최대한 속도를 내어 따라붙었다. 얼마간의 시간이 지나서 나는 자연스럽게 뒤를 돌아볼 수 있는 위치에 있었다. 하지만 그녀를 정면으로 마주하고 노골적으로 보는 행위는 아마 추어라는 생각이 들었다. 나는 지혜를 발휘했다. 손을 들어 저 멀리서 따라오는 친구가 있는 듯 고함을 질렀다.

거참. 빨리 와. 난 안 힘들 줄 알아. 여기야 여기!

그러자 그 복면의 여인은 나를 잠시 쳐다보았다. 여인은 눈두덩이에 진한 보라색의 어떤 원료를 바른 것처럼 보였다. 마치 작은 포도알을 으깨 눈 밑에 진하게 바른 듯했다. 그녀의 눈을 보는 순간 나는 인내심 없이 그녀에게 묻고 말았다.

저기, 저기요, 당신의 얼굴에 마음껏 칠한… 그것은… 무엇인가요?
티베트어를 하세요? 그녀는 나를 똑바로 쳐다보며 물었다.
네. 배웠습니다. 나는 가슴을 펴며 대답했다.

그녀는 두 손으로 얼굴을 가린 복면을 보듬었다. 그때 나는 그녀의 손과 손가락을 놓치지 않고 보았다. 손목에는 청동색의 팔찌와 염주 그리고 통통한 손가락에는 옥색의 반지를 끼고 있었는데 얼굴에 복면을 하고 있는 모습과 참으로 조화롭게 느껴졌다. 내가 빤히 손가락을 쳐다보자 그녀는 무엇을 느꼈는지 손을 내리며 이번에는 풍선처럼 부풀어 오른 둥근 치마를 공손하게 쥐며 짧게 대답했다.

귀신(變醜)처럼 보이게 하려고요.
귀신이요?
네.
왜요?

그때 어떤 개가 다리를 절룩거리며 우리를 쳐다보며 지나갔는데, 그 개의 한쪽 눈이 어째 좀 찌그러진 것 같았다. 나는 순간 그 개도 궁금했지만 화장을 해서 귀신처럼 보이려고 하는 이 복면의 여인이 더 궁금해서 개는 무시했다. 나는 복면이 뚫어져라 여인의 얼굴을 바라보았다. 아. 저 가면을 벗었으면 좋겠는데. 얼굴이 보고 싶은데…. 가려진 눈과 코가 보고 싶은데. 그녀는 자신의 얼굴 화장법이 그러한 이유를 친절하게 설명하기 시작했다. 태양은 자신의 루틴을 지키려는 듯 발광하기 시작했고 우리는 막 시작한 연인처럼 지나가는 사람들을 개의치 않고 서서 이야기를 주고받았다.

    고원 때문이죠.
    이곳이 높다는 이야기인가요?
    네. 라싸는 높은 고원에 있기 때문에 태양에서 나오는 자외선이 무척 강해요.
    압니다. 나는 복면 밖으로 불거진 그녀의 입술을 쳐다보았다.
    그러니 얼굴과 피부는 상할 수밖에 없죠.

  사람들이 지나가며 우리를 쳐다보았다.

    강한 햇볕으로부터 얼굴을 보호할 길이 없었던 우리들은 뺨이 터지거나 홍색의 피부 반점이 돌출되는 경우가 많았어요.
    흉하긴 하죠. 나는 생각 없이 대답했다.
    그래서 얼굴과 피부를 보호하기 위해서 고안해낸 자연스런 화장법이 이거예요. 엄마도 할머니도 그렇게 했고 나도 이렇게 배웠어요.
    그렇게 말하며 그녀는 손으로 복면에 가려진 코를 잠시 만졌다.

지혜롭군요. 나는 가려진 그녀의 코를 상상했다.

사실 다른 이유도 있죠.

뭔가요?

얼굴을 감추기 위해서입니다.

왜요?

이곳에는 대낮에 여인을 잡아먹는 귀신이 있어요.

귀신이 수컷인가 보죠?

그건 모르죠. 수컷이 수컷 좋아하는 경우도 있잖아요.

그건 그래요. 나는 뒷목의 땀을 문지르며 호응했다

암튼 우리는 귀신으로부터 납치를 당하지 않기 위해서 진한 화장을 해야 했죠.

실례지만… 당신의 얼굴이 보고 싶어요. 나는 기어코 하고 싶은 말을 뱉었다.

그건 안 돼요.

왜요? 나는 조바심이 일어났다.

이걸 벗으면 당신은 놀라 기절할 거예요.

오. 더 보고 싶어지는군요.

우리는 얼굴 중에서도 이마, 코, 두 뺨, 턱 그러니까 돌출된 부분에 빨간색을 분칠하여 귀신이 감히 덤비지 못하게 했는데 이걸 이곳에서는 자면(赭面)이라고 해요.

그녀는 마치 티베트의 역사나 종교를 설명하는 대학의 여교수처럼 차분하고 친절하게 설명해 주었다. 다시 태어나면 나도 당신과 같은 화장을 해보고 싶다고 말해주고 싶을 정도였다. 그때 좀 전에 지나쳤던 한쪽 눈이 일그러진 그 개가 다시 나타나 나의 신발을 핥기 시작했다. 신발 등에는 내가 어젯밤 게워낸 토사물들이 말라서 엉겨붙어 있었다. 복면의 여인은 나에게 관심을 보이는 개를 보자 자리를 뜨려는 듯 치마를 쥐고 몸을 돌렸다.

저기, 죄송하지만, 조금이라도 얼굴을 보여주실 수 없나요? 나는 또다시 참지 못하고 애원의 목소리를 냈다. 너무나 긴 이야기를 뜨거운 뙤약볕에서 진지하게 설명한 것이 좀 그랬는지 그녀는 이번에는 다소 유혹적인 말을 했다.

여행, 오셨나요?

맞아요. 이곳은 누구나 오고 싶어 하는 천공의 성이죠.

괜찮으시면 저의 집이 저 모퉁이 끝에서 찻집을 하는데 가지 않을래요?

나는 작은 휘파람을 불며 그녀를 따라갔다. 꽃들이 배열된 이층집들, 사랑스럽게 기울어진 담장과 진언이 새겨진 돌탑을 감상하며, 그녀의 뒤를 살랑살랑 따라갔다. 그녀의 허리를 졸라맨 금색의 띠는 헝겊 같았는데 바람에 날려 어깨까지 올라왔다, 내려갔다 했다.

9

이런. 여기는 어젯밤, 내가 악을 쓰며 토악질을 해대던 그 담벼락 아닌가. 불행하게도 그녀의 찻집은 담벼락 안쪽에 있는 듯했다. 그녀는 앞서가며 나를 안내했다. 나는 어젯밤 내가 부여잡은 담벼락과 바닥에 토사물의 흔적을 찾아보았다. 담벼락 주변은 멀쩡했다. 어두운 골목의 끝자락에 자리하고 있는 그녀의 찻집에는 아버지로 보이는 사람이 새의 깃털이 박힌 모자를 만지고 있었는데 그의 얼굴은 마치 방금 더럽고 냄새나는 어떤 토사물을 청소한 불쾌한 표정이 어려 있었다.

아빠, 이분은 평지에서 올라온….
오. 그래. 어서 오세요.
요, 앞길에서 만났는데 제 얼굴이 좀 이상했나 봐요.
거봐라. 내가 그런 얼굴로는 밖을 나가지 말라고 하지 않았니.

나는 부녀의 이야기를 들으며 햇볕이 비추는 창가 자리에 앉았다. 새가 없는 새장이 천장에 매달려 대롱거리고 있었다. 나를 데려온 그녀는 어디론가 사라졌고 아버지는 찻잔과 찻잎, 주전자와 물을 가지고 내 앞으로 왔다. 나는 복면의 그녀와 차를 마시며 좀 더 이야기를 나누어 보고 싶었지만 그녀는 더 이상 내 앞에 나타나지 않았다. 화장을 지우러 간 것일까. 내가 앉으라는 말을 하지도 않았는데 그녀의 아버지는 맞은편 소파에 앉았다. 그리고 담벼락에 더러운 토사물을 쏟아낸 범인을 찾았다는 얼굴로 나를 쏘아봤다. 그는 눈썹이 하얗고 촘촘한 편이었다.

그 모자 말입니다. 붉게 퍼진 찻잎을 보며 나는 물었다.

모자요? 그는 머리를 누르고 있던 모자를 벗으며 되물었다.

그건 티베트 스타일의 모자인가요?

그렇죠. 특별해 보이나요?

네. 제 모자와 다른 거 같아요. 나는 배낭에서 구겨진 야구 모자를 꺼냈다.

이곳의 모자는 좀 특별하죠. 우리들은 가죽이나 양모로 만든 예모(禮帽)를 즐겨 쓰는데, 모양은 나팔형, 원형, 직통형 등이 있어요. 호피로 만든 금화모(金花帽)도 있고 비단으로 만든 금사모(金絲帽)도 있지요. 그는 대를 이어 모자를 만드는 장인처럼 이야기했다.

그렇군요.

나는 검은색으로 변해버린 차를 한 모금 마시면서 주위를 둘러보았다. 복면의 그녀는 여전히 모습을 보이지 않았으며 내 앞에 앉은 그녀의 아버지는 자리를 떠날 마음이 없어 보였다. 그는

모자에 비스듬히 박힌 깃털을 만지작거리며 미소를 지었다. 역시
머리가 벗겨진 사람에게 모자는 제격이었다.

이야기 하나 해도 되겠소? 그는 모자의 깃털을 손으로 어루만
지며 말을 이어갔다.

나는 괜찮다는 표정을 지어 보였다.

갓 낳은 아기 새를 잃어버린 어미 새가 있었소. 아기 새가 있
는 둥지를 기억하지 못하는 게지. 아기 새는 배가 고파 죽어가고
있었고, 열이 올라 떨고 있었소. 그대로 가면 곧 죽을 상황이었
지. 그런 아기 새를 생각하며 둥지를 찾아 하늘을 헤매는 어미
새는 어떨 거 같소? 그는 내 앞에 놓인 차를 동의도 없이 가져가
마시면서 나를 쳐다보았다.

아기 둥지를 꼭 찾고 싶은데 도저히 찾을 수 없는 어미 새, 그
어미 새는 어떤 냄새를 가지고 있을 거 같소? 이번에는 눈을 치
켜뜨며 물었다.

근데 왜, 어미 새가 자신의 둥지를 못 찾는 거지요? 나는 의아
해서 물었다.

기억상실이요.

네에?

그렇소. 인간이 던져주는 불량스러운 음식을 먹고 뇌가 이상해
진 거지. 그는 '불량스러운 음식'이라는 부분에서 화가 난다는 듯

이 목소리가 격앙되었다.

> 세상에서 인간만이 쓰레기를 남기지요. 영원히 죽지 않는 쓰레기를 말이오. 내가 쳐다보자 그는 갑자기 반말조로 말을 이어갔다. 비닐, 플라스틱, 알루미늄 캔 같은 거 말이야!

그런데 그런 이야기를 왜, 저에게 하시는 거죠?

이곳에 올라왔다면 말이오. 그는 훈계하려는 표정을 지었다.

네. 말씀하세요.

보지 말고 냄새를 맡아요. 먹지 말고 굶어요.

냄새요? 굶으라고요?

보는 건 금방 잊어버려요. 그게 눈(看)의 특징이에요. 간사하고 비겁해요. 하지만 냄새는 오래가요. 냄새는 감정이고 추억이고 기억이니까요.

냄새가 오해나 착각할 수도 있잖아요? 나는 당당하게 말했다.

아니요. 냄새는 정확합니다. 거짓말을 하지 않아요. 그는 엄숙하게 나를 꾸짖는 것처럼 말했다. 그러더니 고개를 비스듬히 떠 허공을 바라보며 말했다.

돌아보아야 합니다.

어디를요? 나는 뒤를 돌아보며 물었다.

자신을요. 자신의 마음을. 돌아봐야 해요.

그때 문이 열리고 손님들이 들어왔다.

이곳을 내려갈 땐 그 어미 새의 냄새를 맡기 바라오. 그는 할 말을 다 했다는 듯 자리에서 일어서며 말했다. 그러면서 모자를 한 손으로 누르며 예의를 갖추었다. 나는 그의 언행에서 알 수 없는 어떤 위압감을 느꼈다. 아쉬운 건, 밖으로 나올 때까지 그 복면의 여인은 다시 나타나지 않았다는 것이다.

10

고원에서 하나뿐인 대학의 캠퍼스 안에는 진언이 새겨진 둥근 원형의 식물원이 있었다. 하지만 학교 안에서 걸어가는 기린이나 코뿔소는 보지 못했고 식물원에도 도마뱀이나 선인장도 없었다.

똑. 똑.
아무런 소리가 없다. 재실(在室)이라는 영역에 화살표 표시가 분명히 향해 있는데.
똑. 똑. 똑. 다시 두드린다.
들어오세요.

눔마사랑. 교수는 안에 서 있었다. 한눈에 들어온 그의 눈은 퀭했고 눈 밑은 깊고 검은 주름이 여기저기 퍼져 있었다. 햇빛 때문인가. 이곳의 햇빛은 기어코 사람들의 얼굴을 저 모양으로 결정하는 것 같다. 아직 환갑이 넘지 않은 중년의 신사를 저렇게 노인으로 쉽게 둔갑시키다니. 나는 고개를 숙여 어정쩡하게 인사를 하고 서서 그의 안내를 기다렸다. 책상 위에서 걸어가는 새가 보인다.

새 장 밖에서 키우는 새는 처음 보죠?

새가 콩닥거리며 책상 위에 놓인 무언가를 쪼고 있다. 새의 작은 발이 움직인다. 검은 깃털에 노란 부리를 가진 새다.

연락받았어요. 혹시 학생 하나가 찾아갈지도 모른다고.
불쑥 찾아와 죄송합니다.
생각보다 일찍 찾아왔네요.
죄송합니다. 나는 멋쩍어서 뒤통수를 긁으며 다시 새를 쳐다보았다.
저 새는 이름이 있나요?
'엄마, 찾아줘'입니다.
누가 지었나요?
내가 지은 이름이랍니다. 엄마를 잃어버린 새죠. 학교 나무 밑에 떨어져 죽어가고 있는 것을 주워왔죠.

작게 움직이는 새의 위쪽으로는 연구실 벽의 반을 커다란 중
국 지도가 점령하고 있었다. 나는 지도교수의 사진을 보여주며
안부를 전했다. 그가 중국말로 지도교수의 안부를 물었고 오랫동
안 티베트 답사를 동행한 친구라고 말했다. 나는 이야기를 들으
며 고개를 돌려 연구실을 둘러보았다. 벽에 붙은 지도 아래로 중
국 국기가 입간판처럼 서 있다. 이곳에는 어딜 가나 저놈의 국기
가 있구나. 티베트의 타르초만큼이나 많은 것이 중국의 국기였
다. 중국은 저 오성홍기가, 티베트인들에게는 타르초가 욕망이자
소망인 거 같다. 중국 지도 위로 그가 태극권을 하는 자세가 사
진으로 걸려있다.

태극권을 하시나요?
호흡에 도움이 되죠.
고수이시겠네요.
그랬더니 그는 짐짓 팔짱을 끼고 근엄하게 말하는 것이 아닌가.
무예가 높은들 하늘만큼 높진 않고, 자질이 두터운들 땅만큼 두텁
진 않죠.
아. 네에. 나는 고개를 끄덕였다.
제가 방해가 된 건 아닌지요? 나는 그의 눈치를 보며 물었다.
아닙니다. 그러면서 그는 벽에 걸린 시계를 쳐다보았다.

그의 목소리는 동물원의 사육사가 밤이 되자 숙소의 문을 열

어주고 자, 어서 들어가, 이제 잘 시간이야 하는 약간의 명령처럼 들렸다. 은빛을 두른 안경 뒤편에서 그의 검은색 눈동자가 나에게 고정되더니 북한? 남한? 어느 쪽이냐고 물어본다. 나는 축구, 그러니까 월드컵 4강 이야기를 했다. 그랬더니 그가 아! 하며 호응을 했는데 명확히 아는 눈치는 아니었다. 나는 배낭에서 한국에서 가져온 홍삼이라고 설명하며 귀한 선물처럼 내밀었다. 초코파이와 라면도 있었는데 그건 내가 좋아하는 거라 남겨두었다. 그는 홍삼 봉지를 코에 대고 냄새를 맡아보는 시늉을 했다. 이건 몸에 끝내주게 좋다고 말하고 싶었으나 '끝내주는'을 티베트어로 어떻게 해야 할지 몰라서 그냥 엄지를 얼굴까지 들어 올렸다.

모든 움직임에는 건너감이 있다. 그도 나에게 대학 마크가 새겨진 연필과 공책을 주었다. 그의 흉내를 내듯 나도 연필과 공책에 코를 대고 냄새를 맡아보았다. 연필에는 석탄 냄새가 나는 것 같았고 공책은 공기가 부족한 종이 냄새가 나는 것 같았다. 다만 거기에는 하늘 아래 도시에 걸맞게 공기가 역시 부족했다.

지도교수의 사진을 보여주면 바로 아, 그래요? 반가워요. 그 교수님 잘 알죠. 뭐 도와줄 일이라도? 할 줄 알았다. 그런데 그는 아무 말도 하지 않고 알 수 없는 침묵을 유도했다. 사실 한마디 말을 하면 어떤 형식으로든 저쪽에서도 거기에 부합하는 말이 뒤따라와야 내가 계속해서 주접을 떨어댈 거 아닌가. 그는 나에

대한 기대가 전혀 없다는 듯 두 손을 깍지 끼고 아무 말도 하지 않았다. 아마도 그의 혀는 내가 오기 전 번개를 맞은 모양이었다.

잠시의 침묵이 흐르도록 그는 아무 말도 하지 않았고 하필 오늘 좀 바빠서요 하는 노골적인 분위기를 풍겼다. 나는 아직 묵을 곳을 정하지 못했고 수면이 부족하다는 표정을 지으며 손바닥으로 얼굴을 감쌌다. 혹시 묵을 수 있는 곳을 알아봐 줄지도 심지어 괜찮다면 오늘은 자신의 집에서 편히 쉬면서 내일이나 모레 자신이 괜찮은 곳으로 찾아주겠다는 그런 기대를 하면서 말이다. 하지만 그는 역시 애매한 표정을 지으며 말했다. 이런, 피곤하겠군요. 하지만 이곳에 처음 올라온 사람들은 그래요. 적응이 필요하죠. 천천히 찾아보세요. 급할 거 없어요. 여기서는 뭐든지 '슬로우'랍니다. 그는 '슬로우'라는 표현을 영어로 강조하며 벽에 걸린 시계를 또 쳐다보았다. 내가 또다시 두 뺨을 손바닥으로 감싸자 그는 어쩔 수 없다는 듯이 책상 서랍에서 명함을 꺼내 들며 말했다.

여기 한번 가보세요. 그가 야크의 뿔 문양이 박혀있는 명함을 내민다. 젊으니까. 뭐. 아무려면 어때요. 길바닥만 아니면 되죠. 나는 호기롭게 말하며 일어섰다.

중국 지도 위로는 모택동과 등소평의 사진이 나란히 걸려 있

었고 또 그 위로는 커다란 벽시계가 있었는데 이미 12시가 넘어
가고 있었다. 나는 점심시간이 되었으니 학교 식당에서 밥이라도
먹죠, 제법 맛있는 것도 많아요! 라는 친절한 권유를 예상했지만
그는 다시 한번 시계를 보며 마치 중요한 약속이 잡혀있는데 나
때문에 지연되는 것처럼 촉박한 인상을 지었다.

> 서둘러요. 지금 빨리 가지 않으면 거기도 자리가 없을 수 있으니
> 어서 가서 짐을 푸는 것이 좋아요. 요새가 여행 성수기라서요. 말
> 을 하자마자 그는 또 눈을 돌려 벽시계를 쳐다보았다.
> 아. 네. 그래야겠네요. 나는 서성이다 문 쪽으로 몸을 틀었다.

 눔마사랑 교수와 나는 연구실 문 앞에서 마주 보고 환하게 웃
으며 악수를 했다. 나는 문밖을 나오면서 속으로 아무리 귀찮아
도 점심시간인데 밥은 먹자고 해야지. 이게 뭐야. 내가 여기서 죽
는다 해도 다시는 연락을 하지 말아야지 했는데, 그도 아마는 나
와 헤어진 후, 연구실에서 빙그르 한 바퀴 돌며 또다시 시계를
보며, 정말 저런 인간은 참으로 귀찮은 스타일이야. 스스로 하지
않고 뭐라도 부탁하거나 도움을 받으려는 게으른 인간형이지. 이
제는 문을 잠가 두어야 하겠군. 했을 것이다.

11

'야크 하우스'. 늄마사랑 교수가 알려준 그곳은 다행인지 원래
부터 그런 것인지 객실은 많이 비어 있었다. 야크 눈동자를 닮은
주인장이 묻는다.

얼마나 머무를 거죠?
일단 일주일 정도요.
라싸는 그것 가지고는 안 돼요. 그가 턱 밑의 수염을 만지며 말한다.
그럼, 한 달이요. 나는 여권을 내주며 그를 쳐다봤다.

주인장의 아들로 보이는 꼬마가 방을 안내한다. 복도로 좁고
지저분했다. 이곳의 이름은 '야크 하우스'에서 '세상에서 제일 무
례한 벌레들의 집합소'로 바꾸어야 할 것 같았다. 꼬마가 문을 열
고 비켜서자 커다란 방에 수십 개의 침대가 일렬로 쭉 나열된 것
이 마치 영화에서 본 포로수용소의 그것을 연상시켰고 누런 이
불에 때가 낀 매트리스, 선반 위에는 쓰다 남은 두루마리 휴지,
티베트 문양의 성냥, 그리고 낡은 티백 차가 있었다. 벽지는 요양
원을 연상시키는 흰색이었고, 바닥에는 뭔가 기어 다닐 것 같은
요상한 양탄자가 깔려 있었다. 그리고 저건, 혹시 콘돔 아닌가?
할 만한 누군가 버린 그것이 쓰레기통 옆에 버려져 있었다. 또

그 쓰레기통 옆에는 머리카락인지 음모인지 알 수 없는 약간 구부러진 털도 몇 가닥 보였다. 형광등의 침침함 때문에 방의 풍경은 전체적으로 어떤 외딴 섬에 지어진 특별한 요새 같았다.

이건 지구에서 가장 무질서한 방이로군. 나는 중얼거리며 배정받은 침대로 가 벌러덩 누었다. 천장에서 돌아가는 거대한 선풍기는 아무런 위력을 발휘하지 못했고 예상은 했지만 나의 부풀어오른 머리카락에 선풍기 바람은 전혀 느껴지지 않았다. 하지만 나를 거슬리게 한 건 그 선풍기가 아니고 백만 마리 정도의 파리 떼인지 모기 그룹인지 알 수 없는 벌레에 가까운 그것들이 분간 없이 나의 얼굴로 사정없이 날아들어 머리를 더없이 어지럽게 한다는 것이다. 그때마다 나는 팔을 들어 허공에서 크게 저었는데 그것들은 나를 조롱하듯 잠시 다른 쪽으로 몰려갔다가 다시 자신들의 좌우를 정비하고 나의 얼굴 쪽으로 날아들었다. 그들 중에는 무리를 이끄는 대장이 있는 게 분명했다. 아무래도 그놈을 먼저 때려죽여야 할 것 같았다.

이곳에서 살려면 버터차를 하루에 수십 잔씩 먹어야 기운을 낼 수 있어요. 주인장이 그렇게 말하며 내미는 차를 받아들고 나는 스무 잔까지는 세어가며 마셨다. 하지만 그의 말처럼 생동적인 기운은 나지 않았고 설사가 줄줄 나고 배는 꼬이는 느낌이 들었다. 다음날은 열여덟 잔 그리고 삼 일째 되는 날은 아홉 잔밖에 마시지 못했다. 시간이 지날수록 나의 눈동자는 누런 버터 색을 띠기 시작했으며 팔과 발등에서는 찻잎이 자라날 것 같았다. 달지 않은 버터차는 금방 지루했다. 하지만 버터의 입장에서 보면 인간이라는 내 배 속은 얼마나 더럽고 지저분할까. 아마도 내 창자 냄새를 맡고 버터는 수치스럽다는 생각을 했을 수도 있다. 아침부터 밤까지 숫자를 세며 사흘 동안 마신 버터차는 나를 인간에서 누런 식물로 바꾸어 놓았고 나흘째 되는 새벽에는 기어코 나를 눈만 껌뻑거리며 벽만 바라보게 만들었다.

라싸의 하루는 갈고리로 바람을 잡는 느낌이 들었고 하루에도 몇 번씩이나 늙어가는 감각이 밀려왔다. 그러다가 새벽에 일어나 앉아 창밖을 바라보면 푸르스름한 하늘이 왔다. 그때의 온도와 습도, 소리와 냄새는 좋았다. 하루 중 유일하게 불안이 사라지는 순간이기도 했다.

*

선사시대의 동굴. 이곳의 화장실은 그렇게 불러야 마땅하다. 그곳은 태풍과 지진 못지않은 위력과 후유증을 가지고 있다. 문을 열고 들어가는 순간 모든 재앙이 달려든다. 휴지를 주머니에 구겨 넣는다. 어라, 슬리퍼가 한쪽만 보인다. 그렇다고 맨발로 그곳을 갈 순 없다. 그 거대한 전쟁터를 칼과 방패도 없이 가는 건, 그건 들어가는 순간 죽음이다. 등산화를 꺼낸다. 바닥이 두껍고 전체적으로 튼튼하고 강한 모양을 하고 있어 심리적으로 안정감을 준다. 등산화를 믿었지만 화장실 내부는 그야말로 나의 기대를 저버리지 않았다. 어떤 자세를 잡아야 하는지, 숨은 멎은 채로 얼마나 버티어야 하는지, 어떻게 두 다리를 벌려야 저 온갖 오물을 살짝이라도 피할 수 있는지, 오줌에 젖은 휴지, 진언을 새긴 돌탑처럼 쌓인 똥, 그 옆에 또 오줌과 똥, 그 위로 흘러내리는 흰 침. 나는 애석한 마음을 달래며 그냥 나가야겠다고 생각했다. 그 순간 내가 돌아서는 순간, 화장실 저 안쪽에서 무엇이 움직였다. 어떤 기척이 느껴졌다.

볼일을 보시오.
컴컴한 안쪽에서 덤덤한 목소리가 들렸다.
나도 여기서 볼일을 보려던 참이었소.
그가 말을 덧붙인다.

그 소리를 듣고 나는 화들짝 놀라 하마터면 바닥에 주저앉을 뻔 했다. 나는 허리의 벨트를 움켜쥐었다. 여차하면 벨트를 풀어 무기로 삼아야 할 거 같았다. 하지만 손만 갖다 대었을 뿐 나는

정작 벨트를 어쩌지는 못했다. 소리가 난 방향에서 무언가 일어
서는 것이 보였는데 가만히 보니 사람의 모습이었다. 머리털이
보였고 팔과 다리가 달려 있었으며 다만 허리와 다리가 보통 사
람보다 짧아 보였다.

맙소사. 안쓰러워 보이는 난쟁이 하나가 눈을 끔뻑이며 어둠
속에서 나타났다. 그는 난장이임에도 불구하고 예사롭지 않은 당
당한 표정을 짓고 있었다. 나는 그를 내려다보며 생각했다. 난장
이는 원래 작지만 당당한 족속이지 않나. 하지만 앞에 드러난 난
장이는 영화 속에서 보았던 모양보다 실물은 더 작아 보였다. 나
는 유명 배우를 본 것처럼 놀랐지만 아무렇지 않은 척 했다. 나
는 꼼짝않고 서 있는 난쟁이를 다시 천천히 바라보았다. 난장이
가 왜 화장실에서 사는지 알 수 없었지만 그럴만한 이유가 있을
것이라 짐작했다. 내가 놀라지 않고 침착한 자세를 유지하자 난
쟁이는 정중히 말했다.

하려던 볼일을 보시오!

그의 조금도 감추려 들지 않는 노골적인 당당함에 나는 마음
이 불편했다. 어쩐지 당당함은 그의 표정의 근원처럼 여겨졌다.

나는 방금 길거리에서 알 수 없는 방향에서 튀어나온 야구공에 뒤통수라도 맞은 듯이 정신이 어질했지만 어쩌면 이 순간의 황당함과 공기가 잘 어울리고 있다는 생각도 들었다. 이건 좀처럼 발견하기 힘든 광경이야! 볼일을 계속보라는 난장이의 말을 들으며 나의 마음은 점점 어떤 처치 곤란한 불쾌한 정감의 세포들이 퍼져 나왔고 나는 그것들을 입안에 가득 채우며 음미했다. 어두운 공간에서 바라보는 난장이는 군대를 통솔하는 장수처럼 듬직해보였다. 실물을 보니, 난장이는 아름다운 종족이군! 나는 중얼거리며 그의 몸 형태와 다리의 모양새 허리의 둘레를 찬찬히 살펴보았다. 투포환이나 해머 돌리기를 하면 올림픽에서 걸출한 성적을 낼 수 있을 거란 생각이 들었다. 하지만 난쟁이는 나의 기분 따위는 안중에도 없다는 듯, 아무리 우릴 몰아내도, 우린 도망가지 않아! 하고 말했는데 중국어가 아닌 티베트어로 했다. 나는 그 말을 듣고 이 불가사의한 일이 일어나는 이곳에 더 이상 머물고 싶지 않다는 생각이 들었다.

거, 말이면 다인 줄 아나요?
아니, 여기서 볼일을 보라니요?
그것도 당신이 거기서 보고 있는데 말예요?

나는 되받아치며 몸을 돌려 문 쪽으로 나아갔다. 하지만 내가 걸음을 옮길 적마다 밖으로 나가는 길은 스스로를 접고 있는 것처럼 느껴졌다. 문으로 향했지만 정작 문 입구는 멀어져 계속 저만치 있었다. 나는 다시 돌아서서 허리에 손을 얹고 물었다.

당신은 혹시 이곳에 사는 장군인가요?
한눈에 알아보겠소? 그가 대견하다는 듯 되물었다.

나는 당당한 그의 다리를 내려 보고 그 다음 얼굴을 보았다. 어두웠지만 윤곽은 선명 했다. 난장이가 맞네. 라고 생각이 들 정도로 얼굴의 특징과 몸의 단단함이 느껴졌다. 그의 몸을 계속 보고 있노라니 어이없게도 이 순간이 무섭고 불쾌하기보다는 차츰 친근한 느낌이 들어 또 다시 엉뚱한 질문을 하고 말았다.

그래, 여긴 무슨 일이신가요?
무슨 일이라니? 그는 뭉툭한 손가락 하나를 치켜 턱을 받치며 고개를 갸웃했다. 화장실에 볼 일 보러 왔지.
아. 그렇군요. 당신도 똥을 싸러 오셨군요. 내가 반기자 그도 짧은 목을 끄덕였다.
아쉽게도 당신이 노크도 없이 들어오는 바람에 나도 놀라 순간 경직이 되었소. 흐름이 끊겼단 말이지. 그는 법을 이야기하는 판사처럼 단호하게 말했다.
미안합니다. 매우 중요한 흐름을 내가 망쳤네요. 그럼 힘들겠지만 다시 앉아 볼일에 집중하세요. 사랑스런 아이에게 편지를 쓰는 감

정으로 말이요. 부끄러워하지는 말아요. 나도 같은 목적을 가지고
입장했으니까요. 나는 어울릴만한 변명을 했다고 생각했다. 그러
자, 그가 어깨에 달려있는 그 짧은 팔로 자신의 멜빵단추를 풀고
바지를 내리려하였다. 급한 모양이었다.

서로 눈치 볼 거 없소. 그가 말하며 앉자 그의 어깨와 가슴은 어둠
속에서 더욱 단단해 보였고 비정상적으로 보이지 않았다. 나는 이
황당한 상황에서 또 다시 어이없는 말을 건넸다.

저기 부탁하나 드려도 괜찮을까요? 나는 처음 주문한 아이스커피
에서 다시 뜨거운 것으로 바꾸어 줄 수 없냐는 표정으로 물었다.

뭐요? 그는 뜨거운 커피에서 아이스커피는 가능하지만 주문 취소
는 좀 번거롭다는 표정으로 나를 쳐다보았다.

다름이 아니라 나도 여기서 저의 볼일을 계속 봐도 될까요. 사실
조금 전 보다는 마음이 많이 편해졌어요. 어색하지도 않고요. 나는
가벼운 웃음을 짓고는 손톱의 매니큐어라도 말리는 듯한 몸짓을 했
다. 그는 나의 요청에 어떤 대답도 하지 않고 약간의 힘을 주는 소
리를 내며 고개를 숙이고 볼일 보는데 정성을 다하는 듯 했다.

나는 여전히 어정쩡하게 서서 그에게 최대한 공손한 톤으로
말을 덧붙였다.

제 생각이지만 이런 곳에서 만난 것도 인연인데 둘이서 볼일을 보
면서 이야기를 나누는 것도 나쁘지 않을 거 같아요. 아쉽게도 창문
이 없어 달을 볼 수가 없지만 말이죠.

그는 불쾌하다는 표정은 아니었지만 그렇다고 흔쾌한 얼굴도

아니었다. 그는 여전히 자신의 볼일에 그러니까 똥 싸는 일에 최
선을 다한다는 듯 힘이 들어가는 신음을 내며 두 다리에 힘을 주
고 있었는데 그건 내가 볼일을 볼때, 내는 소리와는 좀 달랐다.
나는 이제 더 이상 허락을 기다릴 필요가 없다는 듯이, 이미 상
대방에게 최대한 양해를 구했다는 듯이 바지를 내리고 나만의 자
리를 잡았다. 그때 난장이는 고개를 들어 나를 쳐다보았는데 불쌍
한 눈빛으로 보는 느낌이 들었다. 나는 배에 힘을 주며 말했다.

그런 눈빛은 싫습니다. 나도 이곳에 급박한 볼 일이 있어 온 사람
입니다. 이곳이 당신이 점유한 당신만의 궁은 아니잖아요.

난장이는 그런 나를 쳐다보며 자신은 이제 볼일을 다 봤다는
듯이 일어섰다. 그리고 나를 내려다보며 말했다.

너의 똥을 직시해!
그게 너야. 남의 똥 맨날 쳐다봐야 아무 소용없어.
똥은 냄새가 나지. 아무렴!
이 세상에 똥 냄새가 나지 않은 생명은 없어.
그래서 똥은 그 존재야. 그 존재의 본질이지!
그가 무얼 먹었는지, 어떤 관계를 맺고 사는지, 어떤 신념을 가지
고 있는지 어떤 환경과 부모, 친구와 형제를 가졌는지 그리고 무엇
을 좋아하는지 정직하게 말해주지. 그러니 나를 쳐다보지 말고 너
의 똥을 쳐다봐. 이 얼간아!

얼간이? 나는 그 말이 거슬렸다. 나는 덤비는 목소리로 키는
당신보다 내가 좀 크잖아요. 라고 말하려다 또 다른 말을 했다.

당신은 왜 여기서 사는 거죠?
그럴만한 이유가 있지 않겠어?
뭐죠? 그게..
밖에서는 살 수가 없어. 발각되면 잡혀가거든.
잡혀가요? 어디로요?
다섯 개의 별이 박힌 모자를 눌러쓴 사람들이 총을 들고 다니잖아.
그들은 하루 종일 티베트인들을 잡으러 다니지?
당신같이 작은 사람도요?
크고 작고는 상관없어. 티베트어를 하거나 마니차를 돌리거나 진언
을 소리 내면 잡아가!
어디로요?
설원의 끝이라지. 아마.
끝이요?
그래. 티베트의 끝. 그곳에는 세상에서 제일 큰 '협곡의 감옥'이
있다고 하지.

나는 그의 말이 지어낸 것이 아닌가 하는 생각이 들었고 그래
서 그 '협곡의 감옥'에 대해서 물어 보여고 어깨를 들썩였는데 그
가 서 있는 뒤쪽에서 또 다시 무언가가 움직이는 형체가 보였다.
나는 움찔하며 그럼 방금 움직인 저 무엇은 여태까지 저 안쪽에
숨어서 우리의 대화를 엿들은 것인가. 하는 괘씸한 생각이 들었

다. 나는 얼굴을 붉히며 난쟁이의 어깨 너머를 보며 말했다.

어이 거기, 숨지 말고 당당히 나와 정체를 밝히시오.

12

포탈라궁. 입장은 못마땅한 인상을 하고 있는 한족들에 의해
엄격하게 통제되고 있었다. 하루에 출입할 수 있는 사람 수를 제
한하고 있었는데, 그건 궁이 나무와 화강암으로 만들어졌고 오래
되어서 흔들리기 때문이라고 했다. 믿을 수 없었지만 관람 시간
을 통제했다. 들어간 시간과 나오는 시간을 확인한다는 것이었
다. 이곳에서는 불가능한 일이 현실이 되곤 한다.

가이드가 입장표를 나누어주며 머리통을 헤아리고 있다. 나는
숨을 고르며 벽에 뺨을 댄다.

잠시 쉬면서 저 아래를 보세요.

가이드의 말에 모두들 머리를 돌린다. 라싸 시내가 한눈에 들
어온다. 천안문광장을 본떠 만들었다는 인민광장이 보인다.

원래 저 자리에는 해자(垓字)가 있었어요. 가이드가 손끝으로 가리
킨다.

연못이요? 물결이 있었다는 것인가요? 나는 신기해서 물었다.

지금은 시멘트로 덮여 반듯한 광장이 되었지만. 가이드가 아쉬운
듯 대답한다.

저 아래 광장에 서서 올려 보면 여기 포탈라궁이 반야용선(般若龍
船)처럼 보여요.

중국은 포탈라궁이 범선으로 변해 사람들을 태우고 어디론가
떠날까 봐 두려웠을까. 나는 단단하게 시멘트로 덮인 광장을 내
려다보면서 상상한다.

자, 다 모이셨으면 들어갈게요.

가이드가 앞장서고 나는 그녀 뒤에 붙는다. 밖에서 안으로 들
어서자마자 퀴퀴한 냄새가 눈을 찌른다. 티베트인 가이드는 양
갈래로 머리를 땋았고 뺨이 유독 빨갰다. 태양에 올바로 대응하
지 못한 얼굴이다. 빠른 목소리를 가진 그녀는 마이크나 나팔도
없이 맨입으로 영어와 중국어를 섞어가며 설명하기 시작했다. 티
베트의 역사를 전부 외운 듯 막힘없이 말을 쏟아낸다. 준비된 이
야기를 시간 안에 끝내야 한다는 강박이 입술에 묻어있다.

포탈라궁은 방이 몇 개인지 모릅니다. 저도 다 못 보았어요. 그녀가 우리를 둘러보며 말한다.

목소리가 좋아요, 가이드님. 마스크를 쓴 여인이 분위기를 돋았다.

악기보다 목청이지요. 가이드가 기분이 좋은지 명랑하게 답한다.

특별한 방은 어디 있나요? 파란 눈알이 깊숙이 박힌 중년의 남자가 털이 부숭한 손을 들어 묻는다.

특별한 방이요? 가이드가 되묻는다.

제가 듣기로는 이 궁, 어딘가에 황금을 가득 담은 방과 샹그릴라로 가는 밀실이 있다고 들었어요. 그가 덧붙여 말하자 모두들 그를 쳐다본다.

오, 그곳으로 우릴 안내해줘요. 야구 모자를 쓴 젊은 청년이 그의 말을 거든다.

그곳을 안다면 제가 먼저 가겠지요. 가이드의 재치에 모두가 웃는다. 그리고 이곳에서는 모자를 벗어야 합니다. 지켜주세요. 청년은 모자를 벗어 반으로 접는다.

벽화는 검고 흐렸다. 티베트의 역사와 종교를 설명해 주는 벽화는 어두컴컴한 궁의 내부 사정 때문에 자세히 보지는 못했지만 긴 화랑을 연상시킬 정도로 거대했다.

벽에 손을 대면 안 돼요.

사진을 찍어도 안 됩니다.

궁은 밖에서 본 외관과 달리 내부는 복잡했고 미로 같았다. 한 번 길을 잃으면 영영 나오지 못할 것 같은 작은 복도는 짐승의 창자처럼 구불구불했고 통로들이 여기저기로 이어져 있다. 마치 방랑을 권장하는 듯, 내부는 출구가 없는 미로를 상상하게 만들었다. 안으로 들어갈수록 복도는 더욱 복잡하고 빽빽해지고 또 그 안은 알 수 없는 골목들과 연결돼 있고 그 연결은 어딘가로 향하는 작은 통로들과 계속 연계돼 있다.

들어갈수록 내부는 마치 숨바꼭질을 하라는 듯 설계되어 있는 것 같았다. 어둡고 퀴퀴한 소용돌이의 세상으로 들어가는 느낌이랄까. 가이드만이 유일하게 밖으로 인도할 수 있을 것만 같은, 만일 혼자 돌아다녔다가는 영원히 밖으로 나올 수 없는 어떤 통로에 빠질 것만 같은 그런 미로였다. 이건 미친 사람들이 만든 게 틀림없다. 정상인들의 머리로는 이렇게 설계하고 구조화할 수 없다. 통로는 사방을 향해 뻗어 나가고, 구부러지고 이리저리 방향을 바꾸는 강물처럼 느껴진다. 전능하고 위대한 사람들만이 만들 수 있는 설계다. 사람들은 서로 마주 보면서도 알아보지 못할 정도로 내부는 좁고 어두웠다. 천년 동안 환기 안 된 냄새가 켜켜이 쌓여있다. 돌, 나무, 버터, 연기, 경전, 불상, 라마승들의 천년 냄새가 섞여 이곳의 일부가 된 듯했다.

저, 불상을 보세요. 가이드가 손짓한다.
사람들이 쫓아가 와 한다.
저분은 연화생(蓮華生)이라는 '연꽃 위에 태어난 자'라는 이름을 가진 '파드마삼바바'입니다.

그게 이름인가요? 가이드가 티베트어로 이름을 말하자 안경에 습기가 가득한 사람이 묻는다.

네. 파드마삼바바. 저분의 이름입니다. 가이드는 불상의 얼굴에 손을 가리키며 말한다. 전설에 따르면, 저분은 8세기에 탄트라 불교를 부탄과 티베트에 전한 것으로 알려져 있습니다. 그는 아미타불의 화신(化身)으로 여겨지고 있습니다.

아미타불. 내 옆에 있던 남자가 안다는 듯이 합장을 한다.

자, 이동하겠습니다. 가이드는 시간이 촉박하다는 듯 말을 마치자마자 질문도 받지 않고 바로 이동한다. 시간이 어긋나면 자신이 벌을 받거나 벌금을 내야 한다는 표정이다.

저분이 숨겨놓은 책이 있다죠? 가이드 곁에 붙어 나는 추궁하듯 물었다.

어떻게 알았어요? 가이드가 어깨를 돌려 나를 보며 대답한다. 그는 티베트에 와서 한 동굴에 들어가 수백 권의 불교 경전을 번역했습니다. 그리고 그 책들을 높은 산 어딘가의 동굴에 숨겨 놓았죠.

왜죠, 왜 감춰요? 내 옆에 서 있던 사람이 들었는지 물었다.

그건 자신이 죽은 후, 그 책을 읽을 만한 능력이 있는 사람이 나타나면 그걸 발견해서 세상에 알리길 바랐던 거죠.

그래서요, 발견됐나요?

네. 그가 죽고 나서 나중에 '보물을 찾아내는 자'라는 이름을 가진 라마승이 그중 한 권을 찾아냈죠.

정말요?

그 책이 바로 '바르도 퇴돌'입니다.

그건 무슨 책인가요? 사람들은 걸어가면서 번갈아 가며 질문을 했다. 낮과 밤사이, 황혼 직후의 보랏빛 시간을 듣는 것, 그러니까 죽은 자들을 편안한 곳으로 안내하는 책이라고 합니다. 자, 이동할게요.

위태로워 보이는 나무 사다리를 타고 가이드가 밑으로 내려간
다. 아무리 생각해도 여긴 숨바꼭질하면 제격이다. 하지만 술래
가 되면 힘들겠다. 온종일 여기저기를 헤매다가 바닥에 주저앉아
누군가가 오기를 기다려야 할 것 같다.

어라, 저기 문은 빨간색으로 X로 표시돼 있고 금지(禁止)구역
이라고 쓰여있다. 안에 뭐가 있길래? 나는 그곳으로 가 슬쩍 문
을 열어볼까도 생각했지만 순간 주저함이 들었다. 혹시 호랑이의
방일지도. 나는 다가가 문에다 귀를 기울였다. 잠시 후, 문안에서
나에게 묻는 소리가 들렸다.

당신은 누구지?
인간인가? 동물인가?
혹은 인간이면서 동물인가.
아니면 인간도 동물도 아닌 식물인가.

내가 답을 못하자, 문 안쪽에서 대답한다.

신은 없다.
인간도 없다.
동물도 없다.
태양도 없다.
단지 어둠만이 있을 뿐이다.
그 어둠 속에서 '옴'소리만이 들릴 뿐이다.
단지 그 소리만이 완벽할 뿐이다.

13

이곳에서 티베트의 왕이 살았다. 사람들은 그를 달라이 라마라 불렀다. 그는 스스로 수행한 법력으로 마음의 평정을 유도하고 남을 도울 수 있다. 그는 환생자다. 어떤 여인의 자궁으로 들어가 새로운 몸으로 태어날 수 있는, 그걸 스스로 결정할 수 있다는 존재다.

이 궁의 주인은 달라이 라마입니다.
성하, 그는 신이자 인간이죠.
자, 여기로 오세요.

이제 가이드의 목소리는 지쳐있다. 웃는 것인지 우는 것인지 알 수 없는 그녀가 거대한 불상 앞에 선다.

저건 인도에서 건너온 '종카파(宗喀巴)'입니다. 모두들 그녀의 입을 쳐다본다. 그는 총카라는 지역에서 태어났으며, 어려서 출가하여 16세에 중앙 티베트로 나아가 사카(薩迦), 그러니까 나르탕 지역에서 공부한 것으로 전해집니다. 그는 현 달라이 라마가 속해있는 종파, 겔룩파의 시조입니다.
가이드의 암기력이 대단하다. 그녀의 설명을 듣다가 X가 그려져 있는 문을 또 발견했다. 그곳에도 금지(禁止)라고 쓰여있다.

나는 다시 그 금지의 문 앞으로 갔다. 인도에서 건너온 그 대단한 수행자보다 나는 닫혀있는 그 문이 더 궁금했다. 코끼리의 상아를 연상시키는 문고리를 당겨보았으나 안에서 잠근 문은 꿈쩍도 하지 않는다. 나는 귀를 문에 대고 가만히 있었다. 이번에는 어떤 소리도 들리지 않았다.

거기서 뭐 해요? 어서 이리 와요.
가이드가 나를 보며 목소리를 올린다.
일 번거롭게 만들지 말고 어서 와요.

나는 배은망덕한 학생이 된 것처럼 가이드에게 뛰어가, 착한 아이처럼 불상을 올려다본다. 아찔하다. 저 찬란하고 구체적인 불상의 표정 앞에서 아무 생각이 나지 않는다.
불상이 나를 내려다보며 말한다.

너의 산만한 생각은 중요하지 않아.
생각은 스쳐 지나갈 뿐
중요한 건 생각이 아니야.
너의 잡다한 생각을 설명하는 것이 아니야.

중요한 건 번뇌로부터 도망가는 거야
다름 아닌 그것이야.

나는 고개를 돌려 불상 양옆으로 질서정연하게 자신의 자리를 지키고 있는 황색 보자기를 본다. 불상과 함께 천년을 내려오는 경전들이다. 그 경전들이 나의 냄새를 빨아들이고 있다.

이리로 오세요. 시간이 별로 없어요.

우리는 우르르 가이드를 따라간다.

자, 여기는 영탑(靈塔)입니다. 한마디로 미라죠.

우. 오. 아. 모두들 놀라는 표정들이다.

이건, 5대 달라이라마 미라입니다. 이름은 아왕롭상갸초(阿旺羅桑 嘉措). 높이만 12m에 달합니다. 보세요. 가이드의 목소리가 격양된다. 저 탑은 나머지 것들과는 비교할 수 없을 정도로 큽니다. 12.6m 높이에 무려 4,400kg의 금이 사용됐다고 합니다. 가이드는 자신도 믿을 수 없다는 표정을 지었다. 탑 내부에는 고급 향료로 방부 처리한 법체가 보존돼 있으며 황금으로 덮여 있습니다.

저것이 가능한 일인가? 죽은 사람의 몸을 그대로 보존해 두면 언젠가 그 몸에 혼이 돌아온다는 이야기를 들은 적이 있다. TV나 사진을 통해 미라의 온몸에 붕대 비슷한 것이 감겨있는 모습을 본 적이 있다. 이제까지 한 번도 질문을 하지 않았던 검은색 마스크를 쓴 여인이 손을 든다.

뭐죠? 가이드가 묻는다.

그녀는 질문보다는 힘든 표정을 지으며 말했다. 이곳에는 피 냄새가, 전쟁의 냄새가, 인육의 냄새가 너무 많아요. 잡귀들이 너무 많아 속이 거북해요. 토할 거 같아요.

사람들이 놀라며 쳐다보니 그녀는 자신을 무녀라고 밝혔다. 그녀는 지금 어린 동자가 자신에게 나타나 빨리 이곳에서 나가라고 했다고, 먼저 나갈 수 있겠냐고 가이드에게 물었다.

무녀라고? 사람들은 좀 놀라는 표정이었다.

무녀가 뭔가요? 가이드는 곤란한 표정으로 물었다.

내 눈에는 과거가 다 보여요. 이곳에서 벌어진 전쟁과 싸움의 모습들이 보여요. 무녀가 허리를 숙이며 말한다.

가이드는 어리둥절한 표정을 지었다. 나는 가이드에게 신과 접촉할 수 있는 사람이라고 설명해 주고 그녀 곁으로 갔다. 그녀는 허리를 숙이고 괴로운 표정을 짓고 있었다. 정말 이곳의 전쟁이, 귀신들이 보이는 걸까. 나는 그녀와 같은 높이로 허리를 숙여 물었다.

지금 당신이 맡고 있는 냄새를 나에게 설명해 줄 수 있나요? 나는 그녀의 허물어진 눈동자를 보며 물었다. 그녀가 무섭게 고개를 돌려 나를 본다. 나는 그녀를 부축해 걸으며 숨을 조절하며 말했다.

피, 냄새야 당연 나지요.

모든 역사적인 장소에서는 피 냄새가 나지 않나요?

전쟁과 약탈이 동원됐으니까요.

종교라고 전쟁이 없겠어요?

종교는 평화스럽게 악수와 포옹만 하고 끝날 것 같나요?

당신은, 이곳 티베트가 정령 평화스러웠던 고대 지상 낙원이라고 생각하고 오셨나요?

그녀는 나의 부축을 받으며 걸었지만, 귀신들에게 뺨을 맞은 듯, 나의 말을 듣지 못했고, 거의 실신 상태로 들어갔다. 나는 개의치 않고 그녀에게 계속 중얼거렸다.

모든 것은 잊히는 것 아닌가요. 공룡도 그러했거니와 인간이라는 종도 언젠가는 잊힘의 세계로 들어가야 하는 것 아닌가 말입니다. 하지만 모두가 모두에게 잊히는 것은 어두우며, 어둠은 견디기 힘들기 때문에 인간이라는 종은 어쩌면 그 잊음에 그 어두움에 저항하는 존재가 아닌가 생각해요.

산소가 부족했음에도 기분이 올라온 나는 방금 나의 설명이 괜찮았는지 그녀를 살펴보았다. 그녀는 이제 끈적거리는 하얀 침을 흘리기 시작했으며 숨쉬기가 괴로운 듯 가슴을 손으로 세게 쳤다. 뭔가 조치를 해야 할 것 같은 몸짓이었다. 하지만 나는 나의 말을 계속했다.

티라노사우루스를 생각해 보세요. 그 공룡은 매우 강한 발톱과 이빨을 가지고 있지만 자신들의 역사를 기록하지 못했어요. 하지만 어때요. 인간이라는 종은 아주 오래전부터 자신의 역사를 기록하기 시작했잖아요. 잊음으로로부터 벗어나기 위해 모든 것을 적기 시작한 거죠, 안 그래요?

무녀는 대답하지 않고 입에서 신음을 내기 시작했다. 나는 무녀의 등을 토닥이며 말을 이어갔다.

신의 역사 역시, 인간의 역사와 다르지 않을지도 몰라요. 신들의 역사를 기록하는 인간이 있는 한 신들은 사라지지 않을 겁니다. 티베트의 신화를, 고대 인간을 미라로 붙잡아두고 기억하는 일, 이건 모두 티베트는 현재형이라는, 죽지 않았다는 것 아닌가요. 불멸의 영탑이든 불상이든 그건 모두 티베트의 과거를 붙잡아 두는 또 하나의 방법이 아닌가 말이에요. 저는 그렇게 생각해요.

어느새 밖이다. 바다에서 육지로 올라온 느낌이다. 천여 개가 넘는 방 가운데 몇 개만을 스치듯 볼 수 있도록 배려한 중국 정부 덕분에 생각보다 빨리 미로의 궁을 빠져나온 것이다. 한 시간 안에 둘러봐야 한다는 가이드의 엄포로 긴장하고 있었지만, 걸어서 올라가고 다시 내려가는 시간을 제외하면 반시간이면 충분한 이동 거리였다.

무녀라는 여인은 밖으로 나오자마자 얼굴을 올려 태양을 마주한다. 그리고 양팔을 들어 하늘로 향하게 한다. 알 수 없는 소리를 낸다. 그녀의 표정이 서서히 밝아진다. 그녀는 태양의 열기를 받아 마시는 듯했다. 나는 입을 오므리고 혀를 내밀어 허공을 맛본다. 안과 밖의 냄새는 다르다. 인간의 피부와 창자가 다르듯이. 가이드는 습관처럼 우리들의 머리통을 세고 있다. 폐가 커져서 북처럼 몸이 울린다. 귀에서 윙 하는 소리가 들린다. 귀에서 나는 소리가 몸을 꽉 채운다.

어느새 무녀는 밝은 표정으로 담배를 피우고 있다. 그녀의 담배 연기가 허공에서 무늬를 그리자 가이드가 그녀를 보고 그러면 안 된다고 손가락으로 X를 한다. 무녀는 알겠다며 담뱃불을 끈다. 내가 빤히 보자 그녀는 담배꽁초를 주머니에 넣었다. 나는 두 손을 무릎에 짚고 허리를 숙인다.

14

바람은 예측할 수 없다. 보이지 않기 때문이다. 크기를 가늠할 수 없고 무게를 알 수 없다. 손에 잡히지 않기 때문이다. 공기, 감정, 슬픔, 불안, 분노, 경험, 추억, 기억, 소리, 냄새, 관계, 내일, 미래는 바람과 다를 바 없다. 그래서 무섭고 소중하다. 이곳에서의 바람은 아무런 저항을 받지 않는다. 높아서 그럴 거다. 장애물이 적어서 그럴 거다. 높은 빌딩이나 건물이 없어서 그럴 거다. 아무튼 이곳의 바람은 어떤 암시도, 예고도, 징후도, 허락도, 동의도 없이 여기저기서 불어온다. 바람은 무슨 색일까? 바람은 매일 다른 색을 입고 돌아다닐 것 같다. 비 오는 날의 바람은 은색, 태양이 지날 같은 날의 바람은 빨강, 번개가 치는 날의 바람은 녹색, 시신을 해부하는 날의 바람은 검은색, 바람의 색은 매일 그렇게 바뀔 것 같다.

주황 언덕에서 보라색 바람이 불어와 기울어진 사원 안으로 들어간다. 나는 바람을 쫓아 사원 입구까지 따라간다. 간덴 사원(དགའ་ལྡན་ཆོས་འཁོར）이라고 쓰여진 글씨에 눈동자가 멈춘다. 문 안쪽에서 소리가 나온다. 경전 읽는 소리, 나팔 소리, 박수 소리, 그리고 사뿐한 발소리. 사원의 기둥과 기왓장 벽과 돌담은 그런 소리들을 들으며 자란다. 그래서 그것들은 어떤 깨달음을 느꼈을까? 어떤 넘어섬은 그러니까 깨달음의 순간은 말이나 가르침으로 전할 수 있는 것이 아니지 않는가? 가르침은 선과 악을 이야기할 수 있지만 체험을 전해줄 수는 없는 것이 아닌가? 작은 깨달음이라도 그것은 홀로 체험이 있어야 가능하지 않은가? 사원을 안고 있는 담벼락이 부럽다.

계획 없이, 예상 없이, 조건 없이 걷는다. 오늘은 그러고 싶다. 여기는 라싸 아닌가. 기울어진 사원이나 폐허를 발견하면 무턱대고 들어가 주저앉을 테다. 왕의 기념비보다는 작은 토기나 항아리 파편들이 보고 싶다. 토번 시대 장수들이 쓰던 숟가락이나 요강을 발견하면 얼마나 좋을까. 그 안에서 그들의 지린내를 맡고 싶다.

작은 돌을 촘촘히 쌓아놓은 돌탑이 보인다. 여지없이 '옴 마니 밧메 훔'이라고 새겨져 있다. 이곳 사람들이 모신다는 6자 진언. 저 작은 돌에 가장 크고 가장 숭고한 평화가 깃들어 있다. 저 작은 여섯 개의 글자가 이곳을 지배한다.

신의 도시에도 사람은 많다. 어떤 사람은 앞선 사람을 무례하게 앞질러 가고, 어떤 사람은 지렁이처럼 기어간다. 어떤 사람은 자전거를 타고 가고, 어떤 사람은 삼륜차를 몰고 간다. 눈이 찌그러진 개도 있고, 허리가 굽은 곱사등이 소녀도 보인다. 붉은 가삼을 펄럭이는 라마승도 보이도 선글라스를 낀 외국인도 보인다. 그들 속으로 나도 끼어들어 간다. 그들을 통과하거나 그들과 부딪친다.

태양에서 나오는 광선이 나를 달군다. 그늘이 필요하다. 우체국 입구, 나무 밑으로 간다. 나무가 나를 내려다본다. 웅숭깊은 나무의 얼굴은 온전히 평정을 유지한 채 조용히 그늘을 만들고 있다. 나는 나무에 기댄다. 나무 밑동에는 죽은 새가 있었다. 새는 죽은 곤충처럼 말라 있었다. 얼굴도 다리도 부리도 다 말라 갈색빛으로 변해 있었다. 아무도 모르게 그 죽음의 시간 동안 새는 스스로 수목장(樹木葬)을 하고 있었던 것인가. 흙같은 새를 손 안에 올려놓는다. 죽는다는 것은 사라지는 것이 아니라 작아지는 것이 아닐까. 손톱만한 새를 보니 그런 생각이 든다.

다시 걷는다. 저 앞에서 아장아장 오렌지색의 노을이 오고 있다. 노을의 냄새는 실로 만족스럽다. 노을은 손과 발로 가르기보다는 그냥 바라보는 것이 바람직하다. 그래야 냄새를 맡을 수 있다. 호수처럼.

15

드레풍(哲邦)사원. 달라이 라마 5세가 포탈라궁이 완성되기 이전까지 거주했던 집이다. 맨살에 붉은 도포를 걸친 라마승들이 수천 명이나 되고 사원도 하나의 도시를 연상시킬 만큼 넓고 크다고 했다. 오늘은 그곳으로 간다. 사원 입구에는 전혀 어울리지 않은 공안들이 지키고 있었는데 문 입구에 '출입금지'라고 쓰여 있다. 이곳은 금지가 왜 이리 많은가. 나는 굶은 개처럼 어슬렁거리다가 막 사원에서 나오는 사람에게 입구를 가리키며 물었다. 못 들어가나요? 그는 나를 지나가는 개로 간주했는지 아무런 대꾸를 하지 않고 그냥 가버렸다. 그렇다면 나도 예의를 차릴 필요가 없지. 나는 입구 쪽으로 몸을 디밀었다. 그러자 공안 한 명이 커다란 손바닥으로 나의 가슴을 막더니 다른 데로 가라고 턱짓을 한다. 거참. 무례하군. 내가 여기까지 얼마나 많은 돈과 시간을 들이고 힘을 쓰고 왔는데 막아? 나는 한 손을 허리에 짚고 다른 한 손은 머리칼을 쓸며 인상을 썼다. 그러자 사원 옆 매표소에서 다른 사람이 나오더니 내 쪽으로 걸어온다.

무슨 일이오? 그가 눈썹을 모으며 묻는다.
관광객입니다. 나는 생선 가시에 찔린 심정으로 대답했다.
당분간 여긴 안 됩니다. 그는 생선 가시를 들고 있는 사람처럼 말했다.
무슨 일이 있나요? 나는 문 안쪽을 들여다보았다.
사원은 보수 공사 중이오. 그의 말투가 군인처럼 딱딱하게 변했다.

그때 또다시 매표소 쪽에서 한 연인이 뛰어나와 이쪽을 보고 소리를 질렀다. 그녀의 목소리는 코끼리가 배고프다는 고함처럼 들렸는데 얼핏 보니 화장을 진하게 했고 옷도 요란해 보였다. 티베트 여인처럼 보이지 않았다. 나는 까치발을 서서 그녀의 상판을 힐끔 보고 더 이상 이곳에 있다간 뺨을 맞을지도 모른다는 생각이 들었다. 그렇다고 다른 곳으로 가고 싶지도 않아 사원 맞은편에 있는 나무 밑으로 가 자리를 잡았다. 나를 보며 지나가는 사람들에게 물었다.

저기. 저 사원, 왜 저래요?

몰라요. 듣기로는 공안들이 사원의 라마승들을 매일 죽인다는 소문
이 있어요.

정말이요? 나는 심장이 벌렁거렸다.

뭐 소문이지만. 암튼 그 시끄럽던 사원에서 아무 소리가 안 나요.
벌써 몇 달째나….

무슨 소리요?

원래 저 사원 안에서는 매일 경전 읽는 소리와 나팔 소리가 나거든요.

근데요?

지금은 아무 소리도 안 난다니까요. 무슨 일이 벌어진 게 틀림없다
니까요.

나는 그 이야기를 듣고 턱을 긁으며 사원 쪽을 바라보았다.

뭐, 괜찮을 거예요. 지나가던 또 다른 티베트 여인이 마니차를 돌
리며 말한다.

우리들은 뭐, 머리 가죽을 벗겨도, 먹을 거 없는 혹한에도, 번개에
집이 불이 나도, 홍수에 가축들이 떠내려가도 지금까지 잘 버티고
살아왔어요. 괜찮을 거예요. 소리는 돌아올 겁니다. 그녀는 말은 그렇
게 하면서도 작고 앙증맞은 마니차를 돌리는 손은 힘이 없어 보였다.

나는 나무 밑에서 침낭을 펴고 라면을 꺼내 씹어 먹으며 사원
을 뚫어져라 쳐다봤다. 구걸이나 애원의 손짓을 하지 않았지만
지나가는 사람들은 내 앞에 1위안을 놓고 갔다. 내가 원한 보상
은 아니었지만 그럴 때마다 나는 고개를 숙였다.

가만히 보니, 어떤 날은 사과와 옥수수를 가득 실은 트럭이 사
원으로 들어갔다. 매표소 입구에서 트럭은 잠시 정차했고 운전사

가 누런 옥수수 몇 개를 공안에게 건네는 것이 보였다. 또 어떤 날은 야크의 잘린 다리와 양들이 누워 실려 들어가는 트럭을 보았다. 그리고 또 어떤 날은 총을 든 군인들이 가득 탄 트럭이 들어가는 것도 보았다. 군인들은 비장한 표정으로 앉아 있었고 전혀 안 어울리는 긴 총을 가슴에 안고 있었다. 그리고 또다시 며칠 뒤, 군인을 싣고 들어갔던 그 트럭이 다시 나왔는데 거기에는 들어갔던 군인은 보이지 않고 그들이 앉았던 트럭의 뒷자리에는 비닐로 무언가를 덮은 것이 보였다. 언뜻 보기에는 투명한 비닐 사이로 창백한 발이 비죽 나온 것 같아 보였는데 확실하지는 않았다. 하지만 그 발이 양이나 야크의 발은 아니라는 직감이 들었다.

16

밤이 되자 모두가 돌아가고 사원의 불빛은 꺼졌으며 나 혼자 나무 밑에서 졸고 있을 때였다. 난데없이 어떤 젊은 라마승이 허리에 칼을 차고 나타났다. 나는 나도 모르게 나무 위로 올라가 몸을 숨겼다. 볼이 늘어지고 턱이 주저 않은 듯한 라마승이 한 손에는 염주를 또 다른 손에는 칼을 쥐고 나타나 주위를 두리번거린다. 염주와 칼. 아무리 생각해도 어울리지 않는 장신구였다.

그는 마치 땅을 점프하듯 빠른 속도로 내가 올라가 있는 나무로 걸어왔다. 저 칼로 나무를 상처 내려는 것이 아닌가. 겁이 났지만 딱히 막을 방법도 없어 나는 나무 위에서 내려오지 않았다. 나무도 긴장이 되었는지 뿌리에 힘을 주고 가만히 있었다.

이곳에서 턱밑의 수염을 안 깎은 라마승은 처음이다. 그는 나무 뒤로 몸을 숨기더니 가슴속에서 무언가를 꺼냈다. 내가 고개를 아래로 내려 보니 책이었는데 겉면에는 <라마승들이 사라지는 이유>라고 써져 있었다. 그는 책을 펼치더니 읽기 시작했다. 하지만 그가 읽는 소리는 평온하지 않았고 눈빛도 심상치 않았다. 입은 나지막이 소리를 내고 있었지만 눈빛은 계속 주위를 향하고 있었다. 누군가를 기다리는 모습이었다.

잠시 후 그는 읽던 책을 나무위에 올려놓더니 주위를 두리번거리기 시작했다. 그리고 아무도 없음을 확인한 그는 바지를 내렸다. 폭포 같은 오줌을 누기 시작했다. 나무는 싫은 기색보다는 오줌냄새를 맡는 듯 했다. 오줌은 붉은 색이었다.

비틀거리며 한 사람이 나타났다. 그는 대낮부터 술을 마신 빰을 하고 있었고 팔등에는 오성홍기를 휘감고 있었다. 그가 나타나자 라마승은 바지를 추켜올리고 몸을 숙였다. 그의 움직임을 뚫어져라 쳐다보던 라마승은 이내 허리를 숙이고 달리기 할 자세를 취했다. 라마승의 움직임을 전혀 눈치 채지 못한 그는 뒷짐을 지고 주위를 돌고 있었는데 허리춤에는 호랑이를 길들이기에 적합한 채찍이 걸려 있었다. 라마승은 소리 없이 칼을 쥐었다. 그러더니 그의 등을 무섭게 노려보더니 갑자기 뛰기 시작했다. 어찌나 순식간이고 빠르던지 표범이 달려가는 모습이었다. 맨발이 흙을 차는 소리에 그가 얼굴을 돌렸다. 그는 순간 놀라는 눈치였지만 채찍을 뽑을 시간은 없어 보였다. 어느새 서로간의 얼굴이 마주칠 정도로 가까워지자 라마승은 고함을 지르며 그에게 달려들었다. 그가 뭐라 물어보기도 전에 라마승은 그의 머리통을 감싸 안았다. 그리고 그의 머리를 가슴에 끼고 양손으로 입을 벌리려 하였다. 난데없는 이 상황을 전혀 모르겠다는 얼굴을 한 그는 비명을 내지르며 반사적으로 저항했다. 흙이 묻은 군화를 들어 라마승의 가슴을 밀치고 버둥거렸다. 하지만 이미 무언가를 작정한 그의 힘을 벗어나기 힘들어 보였다. 토할 거 같은 그의 입을 악어처럼 아래위로 쫙 벌리더니 라마승은 오른 손을 넣어 그의 혀를 움켜잡았다. 그리고 목과 어깨에 힘을 주어 벌어진 입 속에서 혀를 뽑아내려 하였다. 그는 강하게 손을 뻗어 라마승의 눈을 할퀴었다. 그러자 라마승은 입술을 실룩이며 허리춤에서 칼을 빼더니 빠르게 그의 오른쪽 눈알을 찔렀다. 그리고 바로 그의 입을 다시 벌려 그 안으로 칼을 들이 밀었다.

싹둑!

잘린 그의 혀는 순식간에 라마승의 손에 들려져 있었다. 그는
바닥에 늘어져 피와 침을 흘리며 뒹굴었다. 그는 어떤 소리를 내
려 했으나 혀가 뽑혀 아무런 소리도 내지 못했다. 처음 들어보는
괴성만이 울려나왔다. 그 모습을 뒤로 하고 라마승은 나무쪽으
로 다시 뛰어 왔다. 한손에는 잘린 혀가 들려져 있었다. 피가 그
의 손가락 사이로 흘렀다. 그는 나무를 붙잡고 울기 시작했다.
나와 나무는 너무 놀라서 입을 틀어막고 소리를 죽였다. 울다가
무언가 생각나 듯 그는 움켜 쥔 그의 혀를 잠시 쳐다보더니 다
시 그에게 달려갔다. 바닥에 웅크린 그의 얼굴을 내려다보면서
라마승은 들고 있던 혀를 자신의 입으로 가져갔다. 라마승은 자
신의 입을 크게 벌렸다. 그는 풀어진 동공으로 라마승의 벌어진
입속을 쳐다보았다. 아무것도 없었다. 컴컴한 동굴 같은 라마승
의 입속에는 붉고 기다란 혀가 보이지 않았다. 라마승은 보란 듯
이 잘라낸 혀를 자신의 입속에 넣고 자리에 맞춰 넣었다. 그는
허리를 버둥거리며 자신의 혀가 라마승의 입속으로 들어가는 것
을 바라보았다. 딱 맞았는지 라마승은 기분 좋은 미소를 지으며
말했다.

어떠냐. 이놈아!

기분이 어떠냐 말이야!

너도 혀가 뽑힌 기분이.

왜 너희들은 우리들을 못 잡아먹어 안달이지!

라마승은 주먹을 쥐어 그의 눈덩이를 연속으로 갈겼다. 땅에서 그의 배가 출렁거렸다. 라마승은 계속해서 어떤 말을 하는 것 같았는데 잘 들리지 않았지만 적진을 점령한 장수 같았다. 태양은 혀가 뽑혀 어찌할 바를 모르는 그의 얼굴과 팔등에 얹혀있는 붉은 별 다섯 개를 번갈아 비추었다.

17

바로크(八廓街)광장. 시계방향으로 돌고 도는 순환의 시장이다. 시장은 외롭고, 기쁘고, 우울하고, 심란하고, 흥분하고, 슬프고, 고독한 사람들이 찾아드는 곳이다. 개, 꽃, 염소, 버터, 버섯, 골동품, 법기(法器), 나팔, 진언이 새겨진 돌, 헝겊, 라마승, 순례자 그리고 알 수 없는 짐승의 뼈와 이방인들의 욕망이 모여드는 곳이다.

멋쩍게 눈길을 주자, 가게 주인이 친근하게 밖으로 나와 나에게 소리가 나는 그릇을 보여주며 호객 행위를 한다. 그를 따라

가게 안으로 들어간다. 구석에 귀가 잘린 부처가 웃고 있다. 없어진 부처의 귀를 만지며 물었다. 혹시 새가 시신을 먹는 곳을 알고 있나요? 주인은 고개를 저었고 그의 부인으로 여겨지는 여인이 내가 만지작거리고 있는 부처를 싸게 줄 테니 가져가라고 한다. 그녀가 서 있는 계산대 위로 액자가 보인다.

당신이 바라봐야만, 그 물건은 그곳에 있는 것이다.

저건, 무슨 뜻인가요? 나는 액자를 향하여 물었다.
티베트 속담입니다. 그녀는 잇몸을 드러내며 다시 한 번 귀가 잘려 나간 부처를 권유했다.

부처 대신 소리 나는 주발을 샀다. 주인장은 싱잉볼이라고 했다. 진언이 새겨진 금속의 원형을 나무 막대기로 몇 번 돌려 긁으면 윙 하며 진한 울림이 나온다. 그걸 귀에 대면 기분이 묘해진다. 나무로 된 봉으로 둥근 주발의 테두리에 대고 서서히 몇 바퀴 돌리면 신기하게도 진동하는 소리가 커진다. 솟구치는 불쾌한 마음이 진정되고 가라앉는다는 그녀의 말을 믿고 샀는데 사실 내 마음을 끈 건 그 놋쇠 주발 표면에 새겨진 진언 때문이었다. 그리고 주인 여인의 표정에서 나오는 어떤 냄새 때문이었다.

화병을 주면 꽃이 될 것 같은 얼굴,

어깨를 만져주면 새가 되어 날아갈 것 같은,

입김을 후 하고 불면 흔적도 없이 흩어질 것 같은,

건드리면 그 모습 그대로 넘어질 것 같은,

그런 냄새가 그 여인에게 났다.

18

저건, 대추 아닌가? 암만 봐도 대추 같은데. 도로변에 자리한 가게 입구 입간판에 요구르트병같이 생긴 겉면에 '매일 하루에 한 병'이라고 쓰여 있는데 그 위로 'Red Date Yoghurt'라는 영문이 쓰여있다. 그리고 홍차오(紅棗)라는 한자가 붉은색으로 진하게 써져있다. 그 글씨 위로 대추 사진. 그럼 대추 요구르트인가? 만약 그렇다면 혈액순환과 어지러움에 도움에 될 텐데. 나는 얼른 가서 샀다. 병을 들고 이리저리 돌려 보는데 몰골이 수척한 개 한 마리가 내 쪽으로 다가온다. 나는 등을 돌리고 마셨다. 맛은 요플레와 비슷하다. 매일 요걸로 아침 하면 되겠네. 나는 변덕스럽게 기분이 좋아짐을 느끼며 가슴을 곧게 펴고 앞으로 나아갔다.

알 수 없는 한적한 골목길로 들어서자 저만치서 뜻하지 않게 작은 회오리바람이 소용돌이를 치며 돌고 있는 것이 보였다. 그 회오리는 TV에서 본 것처럼 그렇게 거대하고 장엄한 풍경을 하고 있는 그래서 위험을 무릎 쓰고 따라가고 싶을 정도의 토네이 도는 아니었다. 그냥 작고 귀엽게 바닥을 쓸고 있는 정도였다. 하 지만 그 회오리는 마치 나보고 자신의 소용돌이 속으로 들어오 라는 듯, 골목 안쪽으로 조금씩 이동하며 나를 유인했다. 혹시 나 에게 길을 안내하려는 거 아닐까. 좋아, 그렇다면 너의 친절함을 사양하지 않을게. 나는 어디론가 슬슬 이동하는 그 작고 아담한 회오리바람을 쫓아갔다. 하지만 금방 숨이 가빠지기 시작했고 어 지러움이 몰려와 도저히 그 회오리를 따라갈 수가 없었다. 심장 에 손을 대고 가만히 서 있었다. 그리고 저 앞에서 나를 기다리 고 있는 회오리에게 말을 했다.

숨이 차서 너를 따라가지는 못할 거 같아.
괜찮다면 네가 나에게로 와주면 안 될까.
음. 그러니까, 여기 내가 가지고 있는 요구르트병이 있는데 마침
다 먹어서 속이 비어있어.
그러니 여기로 들어와 주면 좋겠어.
그리고 이 병 속에서 춤을 추어 나를 인도해줘.
그러면 좋겠어.

회오리는 잠시 그런 나를 쳐다보더니 신기하게도 알았어, 그러 지 뭐. 하는 모양을 짓더니 스르르 다가와 바로 내 앞에서 왈츠 를 추듯 우아하게 몇 바퀴 돌더니 내가 내민 요구르트병 속으로

쏘옥 들어갔다. 나는 기뻐서 그 병을 내 가슴 쪽으로 들어 올리며 심장에 가져다 댔다. 나의 심장은 병 속에서 침착하게 자리를 잡고 있는 회오리에게 고맙다는 인사를 했고 회오리는 알아들었는지 작은 병 속에서 또다시 몇 바퀴 돌았는데 이번에는 러시아의 전통춤인 코사크를 추는 듯이 요란했다. 내가 든 병은 크게 요동쳤고 나는 알라딘 램프의 지니를 얻은 것처럼 흥분됐다. 자리를 빙글빙글 돌고 싶을 정도였다.

회오리는 나를 라싸 시내가 한눈에 들어오는 육교 앞으로 인도했다. 육교 밑 계단 옆에는 무질서하게 쓰러져 있는 자전거들이 보였고 그 자전거 바퀴 위에는 거대한 바퀴벌레들이 모여 회의를 하듯이 진지한 표정으로 얼굴을 맞대고 있었다. 나는 바퀴벌레를 무서워하는 성격이라 우선 육교를 올라가기 전에 그들에게 동의를 얻어야 할 것 같았다. 아무래도 내가 계단을 오르고 등을 보이면 표정과는 다르게 믿을 수 없는 바퀴벌레 몇 마리가 달려와 나의 종아리 또는 뒤꿈치를 물고 늘어질 것만 같았고 처음 보는 그들에게 나의 뒤통수를 보인다는 건 부끄럽다는 생각이 들었기 때문이다.

얘들아, 안녕? 나는 육교 밑까지 걸어가 말했다.

너희들 혹시 내가 저 계단을 올라가기 시작하면 그때 회의를 중단하고 나의 등을 노려보며 나의 종아리나 엉덩이를 깨물 생각을 하

고 있는 건 아니겠지. 혹시 지금 그것에 관해 회의를 하고 있다면 나에게 말해줄래? 그럼 나는 계단을 포기하고 저리로 돌아서 갈게.

시조새처럼 커다란 날개가 달린 바퀴벌레 한 마리가 정말 나에 대해 심각하게 논의를 하다가 들켰는지 민망하다는 표정을 지으며 말했다.

그냥 올라가도 좋아.
우린 너에게 관심이 없어.
넌 그다지 영양가 있게 보이질 않거든.

나는 그 말을 듣고 다소 불쾌했지만 다행이라고 생각하고 계단을 뛰어 올라갔다. 육교의 정상에서 난간에 두 손을 얹고 아래를 내려다보니 사람들은 여기저기 흩어져 보였고 빨간 대문을 굳게 닫은 집들이 보였다. 저기군. 저기가 순례길이야. 목을 빼고 보니 사람들이 한 방향으로 간격을 두고 마니차를 돌리면서 걸어가거나 엎드려 가는 모습이 눈에 들어왔다. 그때 육교 밑 차도에서 누군가 흰 발을 내밀며 차 문을 여는 모습이 보였다. 소녀가 등을 구부리며 나오는 것이 보였다. 그러더니 그는 바로 땅으로 푹 꺼지는 어떤 부자연스러운 동작을 보였다. 빈혈인가? 아님 바닥에 떨어진 돈을 주우려는 것인가? 나는 크게 외쳤다.

애야, 괜찮니?

소녀는 바닥에 쓰러진 채 무언가를 잡으려는 듯 허공에 대고 손을 버둥거렸다. 좀만 기다려. 내가 갈게. 나는 사태의 심각성을 느끼고 달리기할 자세를 취했다. 그런데 그때 좀 전의 회의를 하던 바퀴벌레들이 그쪽으로 황급히 달려가는 것이 보였다.

19

조캉사원(大昭寺). 총을 멘 사람들이 입장객들의 소지품 검사를 하고 있다. 여차하면 쏘겠다는 건가. 신성한 신의 도시에서 총을 자랑하고 있다니. 오성홍기는 여기서도 나불거리고 있다. 사원마다 붉은 깃발을 꽂고 총을 멘 군인들이 돌아다닌다고 소유가 될까. 강압과 폭력으로 만든 소유는 언제나 불안할 뿐. 그런 소유는 결국 저항과 폭발을 유발하고 파괴를 부를 뿐이다.

나는 그것들을 노려보다가 천년의 동굴 속으로 입장한다. 경전 읽는 소리를 먹고 살아온 돌기둥, 낡고 시든 붉은 대문, 공중으로 떠오르는 먼지, 바닥에 엎드린 순례자들, 그을린 벽화, 타오르는 촛불, 허기진 그릇 그리고 곳곳에서 나를 불온한 눈동자로 훔쳐보는 라마승들. 거무튀튀한 머리통을 가진, 그들의 짧은 머리칼에서 침울한 냄새가 난다.

그곳에 가면 최대한 사진을 찍지 않는 게 좋아. 그래도 꼭 찍어 남기고 싶다면 사람들의 얼굴은 찍지 않는 게… 사원의 라마승이나 구걸하는 어린아이, 오체투지 순례자, 초원의 유목민, 농부의 얼굴은 찍지 않는 게… 그들의 민낯을 찍는 건 그건 하지 말아야지!

지도교수는 그렇게 말했다. 찍어 가져오면 뭐 할 거냐고? 기껏해야 친척과 가족, 지인과 친구들에게 보여주고 마치 자신만이 무언가를 보고 온 것처럼 자랑(질)할 셈 아니냐고? 타인의 얼굴을 돌려보는 건 옳지 않다고 말했다. 차라리 그들의 소리와 냄새를 담아오라고 했다.

내부는 포탈라궁과 비슷했다. 사람들에게 휩쓸리며 나아간다. 부딪치며 서로를 힐끗한다. 이것도 인연인가. 이곳의 사원은 어딜 가나 거대한 성(城)을 연상시킨다. 모든 것이 완벽하게 갖추어져 있는 하늘 위의 도시, 불상, 경전, 불화, 정원, 꽃, 촛불, 법당, 수행방 식당, 사원은 학교이자 집이다. 모든 것이 다 구비돼 있다. 사원 밖으로 나갈 필요가 없다. 엄숙한 불상 앞에 지전들이 널려 있다. 주름이 얼굴의 문양이 되어버린 할아버지가 남루한 잠바 주머니에서 뭔가를 꺼낸다. 돈인가 했더니 촛불을 태우는 버터기름이다. 공양인 듯, 그것을 라마승에게 전한다. 라면 같은 할아버지 이마의 주름이 꿈틀한다.

당연하지만 사원의 내부에는 신호등이 없다. 냄새와 매연만이 가득하다. 각자 알아서 장애물을 피해 가야 한다. 깨달음을 추구하는 장소가 왜 이러냐고? 물어볼 수 없다. 포기할 수는 있어도 물어볼 수는 없다. 이곳은 여기 방식에 따른다. 그들의 공간이고 그들의 시간이다. 걷는 것이 힘들다고 낙타를 부를 수도 없다. 그저 야크처럼 걸을 뿐이다. 자신의 공간을 침해당한 라마승들의 표정은 어리둥절하다. 그들의 눈은 그윽하고 나의 눈알은 몽롱하다. 좁은 통로에서 사람들은 알아서 잘도 나아간다. 빨리 가려고 서두르지만 않으면 된다. 비켜요. 비켜! 흐린 형광 불빛 밑으로 들것을 높이 치켜들고 '안전'이라는 완장을 찬 사람들이 이쪽으로 온다. 죽은 건가? 나는 눈이 휘둥그레진다. 숨이 모자라 쓰러진 사람이라고 옆에 있던 사람이 묻지도 않았는데 말해준다. 누워있는 그의 발가락이 거대한 불상의 눈을 향하고 있다.

20

조캉사원을 나오면 당번회맹비(唐蕃會盟碑)가 바로 보인다. 하늘로 솟구친 커다란 돌. 다가가 보면 돌에는 이렇게 써져있다.

당(唐)과 토번(吐蕃)사이에는 안사(安史)의 난 이후 전투 상태가
단속(斷續)되었으나, 당 목종 때, 토번은 국제적으로 고립하게 되어 겨우 양국
세력의 한계가 분명해졌다. 그리하여 당시 목종과 토번 왕 치추크데첸과
화평협정의 뜻으로 이른바 장경(長慶)의 회맹(會盟)이 이루어졌다. 821년
장안(長安)에서 이듬해엔 라싸에서 회맹이 행해져 양국의 관리가 이에
참가하였다. 823년에 세워졌으며 서면(西面)은 한번(漢蕃)양문으로 맹문(盟文)의
내용, 뒤쪽 동면(東面)은 전부 티베트 글로 당번(唐蕃) 교섭사와 회맹의 상태,
날짜 등이 명기되어 있다. 북면에는 회맹에 참가한 티베트 측 관리의
관성명(官姓名), 남면에는 마찬가지로 당나라 측의 그것이 한번(漢蕃) 양문자로
병기되어 있다.

이제 전쟁을 그만하고 평화롭게 살자는 의미로 두 나라의 언어로 서로의 조약을 맹세하는 글이다. 화평을 전제로 토번은 군사를 거두었고 당은 문성공주를 설원으로 올려 보냈다. (당)황제는 설국의 왕, 송첸감포를 사위로 삼았다. 하지만 시간이 지나자 조약이 무색하게 중국은 기어코 티베트를 점령했다. 화해하고 평화스럽게 살자고 해놓고 무력으로 침략했다. 비석 앞에 서니, 피를 흘리는 말(馬)이 튀어 나와 가래침을 뱉으며 나에게 일갈한다.

그때는 악취가 나는 전쟁이었소.

21

<하늘의 지평선>이라는 간판 아래 알록달록한 전구 알 불빛이 반짝인다. 그 알들로 감싼 간판에 고불고불한 면에 김이 나오고 젓가락이 가위처럼 그려져 있다. 나는 두 손으로 차양을 만들어 식당 안을 들여다본다. 문이 열리고 할아버지와 지팡이를 짚은 소녀가 나온다. 등이 굽은 소녀는 맵다는 표정을 하고 있다. 나는 열린 문틈으로 발을 밀어 넣는다.

어서 오세요!

어. 한국인이다. 한국인은 어디에서든 단박에 알아볼 수 있다.

여기 주인이세요? 나는 다소 들뜨며 물었다.

네. 그녀가 입을 크게 벌리며 대답한다.

혹시 라면 팔아요?

그럼요. 하지만 좀 비싸요. 알다시피 여긴 고원이다 보니.

괜찮습니다. 얼른 하나 해주세요. 너무 먹고 싶어요. 나는 혀로 입술을 핥았다.

고불거리게 할까요? 아니면 푹 익혀 드릴까요? 그녀가 주방으로 향하며 묻는다.

좀 덜 익은 느낌으로요.

꼬들꼬들요?

네. 그거요.

가게는 작고 아담했다.

어떻게 여기서 라면 가게를?
8년 전 인도와 네팔을 여행하다 이곳까지 왔는데 볕이 너무 좋아서 눌러앉게 되었죠.
볕이요? 나는 호기심이 일렁였다.
이곳에서 볕을 보면 부끄러운 마음이 들어요.
부끄러워요?
그냥 볕을 보면 겸손해져요. 내가 작다는 느낌이랄까.

혀 밑에 침이 고이기 시작할 때, 계란이 다소곳이 앉은 라면이 나왔다. 믿어지지 않는다. 조금씩 천천히. 두 손으로 그릇을 소중히 받쳐 들고 국물을 입술에 댄다. 입술을 오므리고 혀를 조금 내민다. 눈물이 나려 한다. 눈물은 슬플 때만 나오는 것이 아니었다. 혀와 국물과의 경계가 사라진다. 국물에 밥을 말고 김치를 한 번 더 시키고 있는데 긴 머리를 뒤로 묶은 남성이 들어온다. 내가 쳐다보자,

남편입니다. 여기 유목민이죠.
김치 좀 더 드릴까요?

나는 티베트인 남편을 빤히 보며 그릇 안을 핥았다. 그때 옆 테이블에서 손님들이 하는 이야기가 들렸는데 나도 모르게 얼굴

이 그쪽으로 돌아갔다.

고맙소.
아닙니다.

붉은 가삼을 걸친 거대한 체구의 노인과 회색빛 머리털을 하고 있는 서양인이 마주 앉아 영어로 이야기하고 있다.

서양인: 당신의 몸에서는 어떤 냄새도 나지 않습니다.
노인: 나도 사람입니다. 노인이 고개를 들며 미소를 짓는다.
서양인: 좋아하는 냄새 또는 향이 있으신가요?
노인: 저는 꽃과 식물 냄새를 좋아합니다.
서양인: 그렇군요. 좋아하는 향(냄새)을 발견하는 것은 쉽습니다.
예를 들면 꽃잎, 아이의 머리카락, 여름 숲의 나무, 꿀,
소금, 흙냄새 같은 것들이죠. 하지만 그 냄새를 주변의 상
황에서 분리해내는 건 어렵습니다. 끌어낼 수도 없고 강제
로 발산시킬 수도 없죠.
그 말을 듣고 나자 노인이 염주를 꺼내 손등에 말면서 말한다.

노인: 생선 장수의 냄새는 어디서 날까요?
서양인: 생선의 비닐 아닐까요?
노인: 그럼, 그것이 그의 냄새일까요?
서양인: 아닌가요?
노인: 그건 피부의 냄새일 뿐입니다. 몸을 둘러싸고 있는 껍질의
냄새일 뿐이죠. 생명체의 냄새는 겉에 있지 않습니다. 숨겨져 있습

니다.

서양인: 어디에 숨어있을까요?

노인: 말해도 될까요?

뭐 하는 사람들이지? 나는 그들의 이야기를 들으며 일어났다.
그들 옆을 지나칠 때, 그들이 마주하는 탁자에는 ≪Seven Years
In Tibet≫이라는 책을 발견했다. 한 어린아이가 노랑머리를 하
고 있는 서양인과 머리를 맞대고 있는 표지였다. 아이는 눈을 감
고 슬퍼하는 표정이었다.

나: 잘 먹었어요. 살 거 같아요.

주인장: 라면은 어디서나 진리죠!

나: 맞아요. 솔직히 라면이 성경이나 불경보다 좋아요.

나는 시멘트 바닥에 패대기 당했다가 다시 어항에 들어온 물
고기처럼 활발하게 웃으며 돈을 꺼냈다. 그리고 눈치를 보며 종
이를 내밀었다.

འབྲི་གུང་མཐིལ

주인장: 글쎄요. 잠깐만요. 여보. 그녀가 티베트인 남편을 부른다.

당신 여기 알아? 이거 사원 주소 아냐? 왜, 그 독수리가
시신을 밥으로 먹고 산다는 그 사원 말이야.

남편은 다가와 내가 내민 종이를 보고는 헝클어진 머리를 뒤
로 묶으며 끄덕였다. 그리고 아내에게 티베트어로 말했다. 나는
초조하게 그들의 얼굴을 번갈아 쳐다봤다. 남편의 이야기가 끝나
자 그녀가 나를 향해 돌아서며 말한다.

어, 그러니까. 그 사원을 가보지 않아서 확실히 모르겠는데. 그 근
처 초원에서 시신을 들고 가는 사람들과 하늘에서 날고 있는 독수
리를 본 적은 있대요.

나는 그 이야기를 듣자마자 그곳이 어디냐고, 지금 당장 약도
를 그려달라고. 혹시 나와 같이 가줄 수 있냐고, 보수는 충분히
드리겠다고 말했다.

매주 수요일. 아침 6시. 그 초원으로 가는 버스가 한 대 있대요.
어디서요?
포탈라궁 서쪽 정류장에서 출발한답니다.

22

저건, 맥도널드 아닌가? 지구에서 저것만큼 광범위하게 퍼진
게 있을까? 습진, 버짐, 마약, 술, 담배, 코카콜라, 그 어떤 것보다
강하고 광범위하게 번져 있는 햄버거. 저걸 먹으면 생기가 돌 거
야. 어지러움이 사라지고 구토가 멈출 거야. 그런 확신이 들자 나
는 사람들이 줄지어 서 있는, 심지어 라마승도 번호표를 뽑고 서
있는 그쪽으로 뛰어갔다. 하지만 마음과는 다르게 몸은 그리 빨
리 나아가지 못했다. 갑자기 거대한 야크 한 마리가 불쑥 나타나
내 앞을 가로 막는다. 몸을 흔들어 산만한 털을 정비한 야크는 나
를 보고 훈계하듯 말한다.

야크: 인간들은 말이야, 니들도 동물이면서 왜, 동물을 먹지?
나: 그게 무슨 말이지? 나는 어리둥절했지만 침착하게 되물었다.
야크: 왜 우릴 먹느냐고? 야크가 앞발을 들어 자신의 심장을 가리
　　키며 말한다.
나: 너를 먹다니?
야크: 여기 버거는 우리 살을 발라 만드는 거 알잖아?
나: 정말?
야크: 이곳에 올라온 사람들은 초원의 풀과 설수(雪水)를 먹고 잘
　　자란 우리 몸을 원하지.
나: 인간은 육식을 해야 해. 그래야 힘을 낼 수가 있거든.

야크: 어쩔 수 없는 인간들이군. 너희들은 머지않아 재앙을 맛 볼 거야. 아무런 조취도 대비도 할 수 없는 무서운 벌을 받게 될 거야. 그러더니 내가 묻기도 전에 야크는 타조처럼 뛰어서 포탈라 궁 언덕 쪽으로 갔다. 나는 이게 당연히 꿈이라고 간주하고 머리를 크게 흔들었다.

23

꿈은 그렇듯이 나는 또 원치 않는 꿈을 연이어 꾸었다. 라싸 시장입구에 星巴克, 그러니까 스타박스가 들어섰다는 소식을 들은 것이다. 이거 역시 꿈이로군. 생각이 들었으나 나는 비록 꿈이라도 확인해보고 싶어 삼륜자전거를 불렀다. 인력거꾼은 벌써 진한 커피를 몇 모금 마셨는지 뺨은 생기 있어 보였고 입술은 촉촉했다. 시장 입구로 가 주세요. 내가 명랑하게 요청하자 인력거꾼은 두 발을 물레방아처럼 움직이기 시작했다. 상처 난 골목과 기울어진 담장 세 곳을 지나니 정말 스타박스가 보였다. 정말이네. 나는 감격하며 자전거에서 뛰어내렸다. 스타박스를 상징하는 세이렌이 앙증맞은 왕관을 쓰고 미소를 짓고 있었다. 그런데 긴 머리를 늘어트린 채 언제나 정면을 보고 있던 그녀가 오늘은 뜻밖에도 뒷모습을 하고 있다. 나의 허락도 받지 않고 말이다. 그녀는

유혹적인 등과 어깨를 보인 채 무언가를 들고 있는 모습을 하고
있었다. 나는 다가가 안경을 고쳐 쓰고 쳐다보았다. 그녀는 정숙
하고 우아한 모습에서 벗어나 상의를 벗고 누드의 차림으로 두
팔을 벌려 자신의 다리인 냥 물고기의 꼬리를 잡고 있었다. 신의
도시 라싸에서 마주한 그녀의 어깨와 허리 엉덩이로 이어지는
뒤태는 조화롭게 보였고 매력적이었다. 나는 다가가 그녀의 어깨
위에 가볍게 손을 얹었다. 그녀에게 요청하고 싶은 게 생각났기
때문이다. 선원들이 그녀의 노래에 빠져 바다에 뛰어들 정도라는
데…. 나도 그녀의 노래가 듣고 싶었다. 그녀가 해줄 의향이 있다
는 표정을 지으면 나도 스스로 내 몸을 결박하고 기다릴 용의가
충분히 있었다. 그녀가 돌아보더니 성난 목소리로 말한다.

세이렌: 이곳까지 올라와 커피를 찾아? 이 고원에서 커피가 얼마
　　　　나 비싼지 알아? 내 뒷모습을 본 비용까지 지불해야 한다
　　　　고. 이 멍텅구리야!
나: 멍텅구리? 거슬렸지만 나는 짐짓 여유롭게 뒷짐을 졌다.
세이렌: 고원에 왔으면 이곳의 법칙을 따라야지. 수요차를 마시고,
　　　　히말라야의 물을 마시고, 버터차를 마시도록 해. 괜히 고
　　　　상한 척 폼 잡지 말고.
나: 그건 너무 질렸어요. 당신의 커피를 마시고 싶어요. 그걸 마시
　　면서 당신의 노래를 듣고 싶어요. 그럼 머리가 한결 개운 할
　　거 같아요.
세이렌: 허세가 있군. 생각해봐. 그 검은 콩알을 추출하기 위해서

어떤 나라, 어떤 지역, 어떤 사람들은 하루 종일 노예처럼 일을 하지. 알지? 모른 척 하지 마. 그러더니 그녀는 나의 대답도 듣지 않고, 동의도 없이, 자신이 부여잡고 있던 꼬리를 한껏 들어 올려 나의 뺨을 갈겼다. 나는 순간적으로 벌어진 일이라 어리둥절했으며 이 상황이 마음에 들지 않아 고개를 몇 번 흔들었다. 이것 역시 꿈이라고 생각했고 꿈이라면 깨어나야 했다. 머리통을 흔드는 것으로 꿈은 깨지지 않아 나는 팔굽혀펴기를 했다. '옴' 소리를 내면서. 그랬더니 정말 눈이 떠졌다. 나는 침대위에 아무렇게나 엎어져 있었고, 눈알이 아팠고, 어깨가 쑤셨고, 뺨이 얼얼했다.

24

이렇게 누워서 하루를 보낼 순 없다. 반쯤 일어나 거울을 본다. 그새 또 늙었다. 수염이 더 올라와 있다. 털과 수염은 고산 증세가 없는 걸까. 그것들은 하소연 없이 잘도 자란다. 서장(西藏)박물관. 박물관이니 깨진 항아리나 휘어진 숟가락은 있겠지. 티베트 민족(藏族). 이 민족이라는 말 속에는 그 종족(種族)만이 온전히 가지고 있는 고유의 언어, 옷, 종교, 자연, 삶의 태도들을 포함하고 있다. 그들만의 머리 빛깔과 옷 냄새와 가치의 흔적이 남겨

져 있다. 그러므로 박물관은 사라진 종족이 자신들의 소멸을 불
멸로 환원하고자 하는 인간의 능동적인 노력을 담은 공간으로
간주해도 될 것이다. 문성공주의 악기와 그녀가 입었던 옷을 복
원시켜 놓았을 것이다. 왕의 술잔도 청동의 빛을 발하며 놓여 있
을 것이다. 박물관은 환생의 다른 이름이니까. 오늘은 거길 다녀
와야겠다.

　박물관으로 가 주세요.

　삼륜 자전거는 온순함을 자랑하듯이 직진하고 모퉁이를 돌고
길을 건너고 사람을 피하는 데 능숙하다. 목적지에 도착할 때까
지 예상 밖의 일은 전혀 발생하지 않았고 그로 인해 나는 기분이
좋아졌다. 몸은 갈라진 타이어처럼 아팠지만 박물관에 대한 기대
감은 고조되었다.
　박물관의 내부는 깨끗하고 반듯했다. 허름한 헛간의 모습을 기
대했던 나는 참으로 실망을 했지만 중국 정부의 노고도 칭찬해
줄 만했다. 벽과 바닥은 유럽의 고풍스런 박물관에는 못 미쳤지
만 그렇다고 고대 토번 제국의 일상으로 들어온 느낌도 나지 않
았다. 바닥은 설빙처럼 차고 빛났다. 나는 바닥을 톡톡 건드린 후
옆 공간으로 넘어갔다. 유리관 속의 돌과 거울, 작은 항아리, 저

금동은 요강인가? 베트남인들이 쓰던 모자와 흡사한 그것도 보인
다. 저건, 비 올 때 쓰는 모자인가? 만져보지 못하고 냄새도 맡지
못하는 유리 속의 옷가지와 모자는 TV 속에 비친 유명 배우와
다를 바 없지 않은가. 사람들은 제법 많다. 저마다 박물관에 어울
리는 자세를 취하며 이야기를 주고받는다.

　오, 저런, 어떤 버릇없는 사람이 유리 속의 지도를 사진기로
얼른 찍고는 만족해하는 입술을 한다. 하늘은 무지개가 나타나도
우쭐거리지 않는데 인간은 왜 저토록 찍고 저장하는 것에 집착
할까. 나는 두 손을 모으고 박물관 출구에 서서 안내원이 나타나
길 기다린다. 녹색의 제복을 입은 남자가 무전기를 들고 지나간
다. 나는 번쩍 손을 들어 그를 부른다.

　저기요. 저 사람,
　저기 녹색 반팔에 자주색 치마 입은 여인, 보이시죠?
　사진 찍었어요. 유리 속의 지도를 허락도 없이요.
　가서 확인해 보세요.

　나는 유적지에서 도굴범을 발견한 사람처럼 우쭐한 마음으로
고자질했다. 안내원은 심드렁했지만 나는 표창장을 받은 아이처
럼 기분이 환했다.

25

이곳에서 나는 누구의 가족도 아니며 누구의 학생도 아니며 누구의 친구도 아니며 누구의 부하도 아니다. 그러므로 나는 아무런 허락도, 동의도, 제안도, 협의도 필요 없이 마음대로 걸을 수 있다. 어젯밤 이 생각을 한 나는 아침이 오자마자 바로 나갔다. 길에서 뛰어가는 아이들의 뺨은 자두 하나씩을 박은 듯 선명하다. 멀리서 보면 자두를 얼굴에 넣고 돌아다니는 요정처럼 보인다. 이곳에서 손과 얼굴에 시간과 정성을 들이는 사람은 없다. 저 무지막지한 태양을 방어해줄 그 무엇 하나 가리거나 바르지 않는 무모함과 자유로움은 어디서 오는 것일까? 여기 사람들은 다가오는 자연을 그대로 받아들인다. 정복하거나 저항하거나 파괴하거나 쪼개지 않는다. 사람들은 뜨거운 태양을 피하거나 가려야 할 재앙이라기보다는 충분히 흡수해야 할 영양제로 여기는 것 같다. 나는 천천히 발걸음을 옮기며 마음을 가득 채운 이러저러한 감정에 대해 곰곰이 생각해 보았다. 감정은 어디로부터 솟아나는 것일까. 나는 무작정 걸으면서 감정의 원인들이 자리한 마음의 밑바닥으로 내려가 보고 싶었다. 그래야만 걷는 것은 곧 사색으로 이어지고 사색은 침묵으로 변하고 침묵은 본질적인 것이 되어 그 속에 숨어있는 나를 볼 수 있을 것 같았다. 오늘은 그렇게 하루 종일 걷고만 싶었다.

앞에서 이마가 땅에 닿을 듯이 허리를 숙인 아이가 걸어간다. 목과 등 사이에 무언가 튀어나와 하늘로 솟구쳐 있다. 그 아이 뒤로 할아버지가 따라간다. 라싸 광장에서, 라면 가게에서 본 그 아이와 할아버지다. 다가가 인사를 하고 싶다. 어쩌다, 이렇게 됐냐고. 등을 만져보아도 되겠냐고. 하지만 그건 누구도 대답해 줄 수 있는 질문이 아니란 걸 안다.

소녀가 지팡이에 몸을 기대며 선다. 뒤따라가던 할아버지도 멈춘다. 둘은 아무런 말이 없다. 옆을 지나가며 나는 아이의 솟아오른 등을 쳐다본다. 등뼈가 하늘을 향해 뾰족하다. 아이의 얼굴이 보고 싶다. 하지만 아이는 괴로운 듯 허리를 펴지 못하고 얼굴을 수그리고 있다. 나는 그냥 지나친다.

태양. 저걸 잡을 수 없다는 걸 알면서도, 나는 어떻게 하면 저 눈 부신 태양을 만질 수 있을까 하고 열심히 쫓아간 적이 있다. 눈앞에서 사라질 때까지 따라간 적이 있다. 그럴 때마다 태양은 나의 정수리를 조준하며 경고했다.

그래, 얼마나 버티는지 볼까. 이제 너는 두 블록만 건너가면 자리에 주저앉아 울 것 같은 표정으로 물을 마시고 어느덧 얼마 남지 않는 물병을 흔들며 이내 포기할 거야. 나는 알지. 인간이라는 동물이 얼마나 인내심이 없고 얼마나 자주 변덕을 부리는지. 너도 이제 곧 주저앉을 거야. 아침의 당당함과 호기로움은 금방 사라질 거야.

태양의 예고대로 내가 비틀거리며 걸어가고 있음을 느꼈을 때, 거리에서 악기를 연주하던 청년이 나에게 다가와 묻는다. 괜찮은 가요? 허공에서 휘청거리는 나의 두 팔을 부축하며 그는 나의 안색을 살피며 걱정한다. 견딜 만해요. 나는 그의 손을 공손히 물리치며 계속 나아가는 몸짓을 했다. 사실 나아가는 건지 뒤로 가는 건지 옆으로 가는 건지 알 수 없었다. 뒤를 돌아보지 않았지만 그 청년은 다시 자기의 자리로 돌아가 악기를 다시 연주하는 듯했다. 처음 들어보는 소리가 들렸다. 그건 피아노와 바이올린의 소리가 아닌 새와 나무의 지저귐 같은 연주였다.

목을 뒤로 젖혀 하늘을 본다. 눈이 부시고 뜰 수가 없다. 몸의 중심을 잡으려 두 다리와 허리에 힘을 준다. 저 거대한 하늘을 그네로 탈 수 있을까? 지치고 힘든 두 다리와 엉덩이를 저 하늘에 걸치고 바람을 가르며 그네를 타고 싶은데…. 하늘의 그네. 얼마나 근사한가. 한번 뒤로 올라가면 세상의 끝까지 올라갔다가 다시 세상의 저편으로 하강하는 하늘의 그네. 그때 맞이하는 지상의 풍경과 바람은 얼마나 시원할까?

이제 나는 눈이 침침하고 귀가 멍한 지경에 이르렀다. 아무것도 들어있지 않은 물병도 무거워 바닥에 떨어뜨렸다. 손에 걸려

있던 물병은 인제 그만 나를 놓아달라는 몸짓으로 스스로 나의 손아귀에서 벗어나 바닥을 선택했다. 이제는 정말 아무것도 없다. 아니, 모자가 있잖아. 이 모자마저도 벗어 놓는다면 정말 무소유가 되는 것인가. 또 아니다. 옷을 입고 있지 않은가. 그럼 다 벗어버릴까. 땀에 절어 있는 이 거추장스러운 껍데기 갑옷을 벗어 던지고 알몸으로 걸어갈까. 그게 좋겠어. 한결 가벼울 거야. 라싸는 그런 곳이야. 모든 것을 내주고 버리고 살아야 해. 그때 또 다른 생각이 앞의 생각을 덮었다. 이 생각 없는 놈. 그럼 너는 당장에 사람들의 환호와 박수를 받으며 아주 잠시 시선을 끌겠지만, 너는 맨몸을 드러낸 희열에 빠지겠지만, 그 대가는 바로 돌아올 거야. 방정맞게 호루라기를 불지는 않겠지만 어디선가 번개처럼 나타난 공안이나 경찰이 몽둥이를 휘두르며 달려오겠지. 그들도 달려오면서 너를 빨리 포박하여 이 신성한 도시의 아름다움을 지키려 하겠지만 그러면서도 너의 알몸을 훔쳐볼 거야. 자연스럽게 눈알을 돌려 너의 그곳을 힐끔 거리겠지. 그리곤 알 수 없는 욕을 하며 너를 묶고 어디론가 데려갈 거야. 경찰서라는 단정은 하지 마. 이곳은 세상에서 제일 고통스럽다는 '협곡의 감옥'이 있다는 소문도 있어. 스스로 알몸이 된 너를 그리로 안내할지도 몰라. 그러니 너는 잡된 망상을 버리고 그냥 계속 걸어. 그러면 되는 거야. 그래야 지리멸렬한 이 하루가 가는 거야.

늦은 오후인지 저녁인지 분간할 수는 없었지만 이제는 조금만
더 걸으면 이 라싸의 끝이 어디인지 알 수 있을 것 같았고 그런
오만한 확신이 들자 나는 누구와 상의도 없이 아예 달과 별이 나
타날 때까지 계속 걷기로 작정했다. 사람들에게 묻지 않았고 지
도를 보지 않았으며 분명한 표지판을 외면했다. 포탈라궁이 몇
번이고 보였고 시장도 몇 번이나 돈 것 같았지만 실망하지 않았
다. 원래 이 도시는 원형이야. 그러니 걷다 보면 처음의 그곳에
도착하는 거지. 지금 나는 돌을 메고 하루 종일 커다란 원을 도
는 거야. 수행자처럼 말이야. 설사도 나지 않으며 오줌도 마렵지
않으니 얼마나 다행이야. 그러니 계속 걸어. 중얼거리지 말고 애
원하지 말고 걸어. 오늘은 그런 날이야. 그렇게 걷다가 시원하다
고 느껴질 만한 어떤 한 줄기 바람이 나의 이마를 스칠 때, 그제
야 나는 고개를 쳐들었다. 역시 내가 좋아하는 붉고 검은 거기에
약간의 보라색을 곁들인 노을이 하늘의 저 끝에서 대지를 덮고
있었다. 나는 그 방향으로 몸을 틀었다. 노을이 살고 있는 집으로
갈 테야. 그렇게 또 한참을 걷다 보니 노을의 끝자락이라고 여겨
지는 어떤 언덕이 나왔는데 그 언덕을 넘고 보니 그곳에는 작고
아담한 사원이 있었다. 한밤임에도 불구하고 사원은 다정하고 위
풍당당한 자태를 뽐내고 있었다. 다가가 보니 염소와 양이 서로
등을 마주하고 있는 문고리가 눈에 들어왔다. 나는 힘겹게 문을

밀고 안쪽으로 들어갔다. 안은 누가 살면 그것이 사마귀일지라도 존경심이 나올법한 그런 분위기가 풍겼다. 조금 더 안쪽으로 들어가니 노란 병아리가 폴짝거리고 있었다. 병아리는 녹색의 오이와 주황색의 당근을 쪼고 있었다. 너무도 아름다운 달밤의 풍경을 보자 나는 참지 못하고 소리를 지르고 말았다. 저기 누구 있나요? 아무런 대답도 들리지 않자 나는 이건 꿈인가 하고 정신을 차리려고 고개를 몇 번이나 흔들었다. 그리고 여기가 세상의 끝인지도 모른다는 생각이 들자 꿈이라도 좋다는 생각이 들었고 생기가 돌았다.

　정말 이곳이 세상의 끝인가를 확인하고 싶어서 나는 사원 뒷길로 돌아갔다. 만일 천 길의 낭떠러지가 나오면 그걸 세상의 끝으로 간주하고 오늘의 걷기를 마치고 싶었다. 그곳에서 뛰어내리고 싶었다. 하지만 내가 상상한 감탄할 만한 절벽은 나오지 않았다. 나는 떨고 있는 몸을 두 팔로 감싸고 다시 앞으로 걸었다. 나의 몸은 이미 백 년을 산 할아버지처럼 구부러져 있었고 다리는 어디로 가야 할지 몰라 당황하고 있었다. 그럼에도 나는 사원 뒤편으로 난 길을 향해 한참을 걷고 또 걸어갔다. 얼굴이 땅에 닿을 정도로 몸이 흔들거렸을 때 나는 어떤 곳에 이르렀음을 느꼈다. 그때는 이미 밤을 넘어 새벽의 푸르스름함이 나를 포용하고 있었는데 나는 정말 기분이 좋아져서 소리를 크게 지르고 싶은 지경이었다. 나는 있는 힘을 끌어모아 창공을 향해 두 팔을 벌리고 혀를 내밀었다. 작은 별 하나가 혀 끝에 내려 앉았다.

어디로
가는 건가요?

0

안내 말씀 드리겠습니다.
쓰촨(四川)항공, Ａ 472편은 16:20분에서 18:20분으로 변경
되었습니다.

1

쓰촨항공의 로고가 선명하게 새겨진 제복을 입은 남자가 얼굴
을 가릴 정도의 무전기를 입에 대고 지나간다. 그의 몸매에 눈이
간다. 단추가 힘겨울 정도로 부풀어 오른 뱃살과 기름진 얼굴로
보면 그의 식탐이 어느 정도인지 짐작이 간다. 배는 마치 그동안
먹은 고량주와 돼지 고기가 빠져나갈 날만 기다리는 듯 불룩하
다. 나와 눈이 잠시 마주치자 그는 습관처럼 모자를 낮추며 빠르
게 걸어간다.

시간은 고무줄처럼 늘어났고 할 일은 딱히 없다. 나는 공항 의
자에 앉아 멍하게 사람들을 쳐다본다. 당연히 외국인이라고 간주
할 만한 코의 각도, 깊게 들어간 눈과 눈(밑)의 거무스름한 피부,
평화롭지 않은 걸음걸이를 가진 여인이 6번 게이트로 향하는 모

습이 눈에 들어온다. 그녀의 머리 모양이 흥미롭다. 이마는 넓고
높은데 머리카락은 양 갈래로 따서 뒤로 길게 늘어뜨린 것이 꼭
청나라의 변발(辮髮)을 연상시킨다. 그 순간 나는 왜 그런지 전혀
알 수 없었지만 머릿속에서 이런 생각이 들었다. 혹시 저 여인은
정말 청나라에서 지금까지 살아온 여인이 아닐까. 청말 혼란한
시기를 틈타, 이곳으로 숨어들어 이때까지 저 모습을 유지하며
살아온 것이 아닐까. 이 공항은 왜 이 모양이냐고? 만년설 아래
놓여 있으면 약속된 시간을 어겨도 되는 것인지, 한 번만 더 연
착된다는 방송이 나오면 휘파람을 불어 자신만의 적토마(馬)에
멋지게 뛰어올라 창을 들고 비행기 날개를 사정없이 찌를 거라
고, 그럴 거라고 엄포를 놓을 것 같은 표정으로 그녀는 면세점
앞을 지난다. 그녀의 뒤로 freedom이라는 영문이 갈겨진 후드티
를 입은 소년이 뛰어간다. 또 그 소년 뒤로 골반에 걸쳐 앉은 아
기의 머리를 감싸 쥐고 걸어가는 여인도 보인다. 그들 사이에 검
은 코를 번쩍 세운 셰퍼드가 목에 감긴 끈을 끌며 바닥을 쿵쿵거
리며 전진하고 있다. 멀리서 보면 개의 코는 참기름 바른 지우개
같다. 윤이 나는 셰퍼드의 등은 완벽한 느낌을 준다. 저 등을 타
고 이 넓은 공항을 말처럼 달려보고 싶다. 셰퍼드가 무슨 냄새를
맡았는지 순간 절도 있게 목을 든다. 앞에서 걸어가는 노인이 끄
는 검은색 가방을 향해 셰퍼드가 달려간다. 셰퍼드는 노인의 가

방을 향해 코를 처박고 격하게 짖는다. 보안 요원으로 보이는 사람들이 덩달아 뛰어간다. 이마 사이의 간격이 좁고 누렇게 뜬 얼굴에 안경을 쓴 노인은 이해할 수 없다는 듯이 두 손을 으쓱하더니 가방을 연다. 맥주 안주에 적합한 쥐포와 건어물들이 비닐 팩에 싸여 있다. 개는 자신의 임무를 완수한 양, 의기양양하게 코를 들고 꼬리를 강하게 흔든다. 위험스런 물건은 발견되지 않은 모양이다. 노인은 못마땅한 표정으로 셰퍼드를 노려보더니 열려진 가방을 정리한다.

안내 말씀 드리겠습니다.
쓰촨(四川)항공, A 472편은 18:20분에서 20:20분으로 변경되었습니다.
다시 한번 알려드립니다.

또 늦어진다는 안내가 나오자마자 몇몇 사람들이 자리에서 일어나 변발 여인이 이미 점령하고 있는 6번 탑승구로 우르르 몰려가는 모습이 보인다. 그들은 6번 게이트 A-24라고 불을 밝힌 데스크 쪽으로 몰려가 삼삼오오 둥그렇게, 삼각형 김밥의 모양으로 서서 허리에 손을 대거나 팔짱을 끼고 심각하지만 침착한 표정으로 이야기를 주고받는다. 그들이 하는 말은 영어인지, 스페인어인지, 중국어인지 정확히 들리지는 않았다. 말이 섞이고 움직

임이 섞인다. 이 무료한 시간을 잠시라도 보내야 할 거 같아 나
도 그들 쪽으로 갔다.

변발 여인: 늦어지는 이유가 뭐죠?
공항 여(女)승무원 1: 알아보는 중입니다.
변발 여인: 벌써 두 차례나 지연되고 있는데… 무슨 문제가 있는
거 아닌가요?

(탑승구) 데스크에 앉아 컴퓨터 화면만을 응시하던 다른 승무원
은 영어를 잘 못 알아들었는지, 아니면 무시하려는 것인지 고개
를 들지 않는다. 구두로 바닥을 콕콕 찍으며 컴퓨터 모니터만 바
라보고 있다. 변발의 여인이 한 발자국 앞으로 나가며 눈을 치켜
뜬다. 그녀의 배낭 옆구리에 걸려있던 머그잔이 화난 듯 살짝 흔
들렸다. 변발여인은 앉아있는 승무원을 내려다보며 과장된 손짓
으로 항의하는 듯했다. 하지만 그녀는 여전히 못 알아듣는 눈치
다. 쳐다보기만 할 뿐 대답은 하지 않는다. 설마 변발의 저 여인
이 지금 자신의 머리 스타일에 적합한 만주어를 하는 것은 아니
겠지. 나는 그녀 쪽으로 좀 더 다가갔다. 그녀가 하는 말은 빠르
고 거친 느낌을 주었다. 가만, 이건 어느 나라 말이지? 아이슬란
드, 러시아, 슬로베니아, 아님 터키인들이 쓰는 말인가. 나는 귀
를 파며 짐작한다. 그녀의 표정과 손짓으로 보아 지금의 상황이

못마땅한 것은 분명했다.

> 공항 남자 승무원(1): 쓰촨공항에서 기다리라고 연락이 와서, 저희
> 들도 기다리고 있어요.
> 어둡고 탁한 눈알을 가지고 있는 직원이 변발 여인 쪽으로 다가오
> 며 사무적으로 설명한다.
> 변발 여인의 뒤에 있던 또 다른 여인: 그럼 비행기가 언제 올지 모
> 른다는 건가요?
> 공항 남자 승무원(2): 네.
> 갈색 선글라스를 끼고 있던 또 다른 여인: 맙소사. 이곳 책임자를
> 불러주세요.

그녀는 선글라스를 벗으며 끼어들었다. 라오스에서 스카프와
양탄자 가게를 하고 있을 것 같은 그런 분위기가 풍기는 여인이
었다. 공항에 흩어져 있던 사람들이 이쪽으로 모여들며 나와 저
쪽, 그러니까 변발 여인과 그 무리들로 보이는 사람들이 장악하
고 있는 탑승구 쪽을 번갈아 쳐다보자 나는 재미있는 기분이 들
었다. 변발의 여인은 두 갈래로 늘어진 머리카락을 등 뒤로 힘차
게 넘기며 데스크에 바짝 다가서서 팔짱을 끼면서 심각한 표정
을 지었고 그녀를 지지하는 사람들도 그녀를 중심으로 둥글게
모여들었다. 승무원 세 명이 순식간에 포위되었다.

2

그곳, 하늘 사원에서 내가 기절하고 누워 있을 때, 라마승 할아버지는 구름처럼 다가와 내 가슴을 쓸어주었다. 총을 맞아 허공에서 고꾸라진 새의 주둥이처럼, 물 밖으로 팽개쳐져 퍼덕이는 물고기처럼, 힘들어하는 내가 잠이 들 때까지 할아버지는 나의 가슴을 토닥여주었다. 다음 날 아침, 내가 사원 마당에 쭈그리고 앉아서 반나절이나 햇볕을 마시고 있을 때, 할아버지는 내게 다가와 물을 주었다. 빗물이라고 했다. 내가 새처럼 마시자, 할아버지는 바라보기만 했다.

이곳은 어떤 곳인가요? 할아버지.
나는 맥없이 물었고,
'링'의 후손들이 사는 땅이지. 아무도 몰라야 하는….
할아버지는 구름처럼 대답했다.

3

(다섯 개의 붉은 별이 질서있게 박힌 넥타이를 맨 남자) 승무원이 무전기를 손에 쥐고 나타났다.

변발 여인: 당신이 공항 책임자입니까?
책임자: 그렇습니다.
그 남자는 영어를 했는데 왠지 중국어처럼 들렸다.
변발 여인: 이유가 뭐죠? 시간이 계속 밀리는 이유가….
책임자: 비행기 엔진에 문제가 있답니다.
변발 여인: 그럼 지금 비행기 엔진을 고치고 있단 건가요?
데스크를 점령하고 있던 여인들은 오 마이 갓을 연발하며 두 손을 입가로 가져갔다.
여인 3: 그럼 비행기는 언제 올 수 있죠? 변발 여인의 뒤에 서 있던 또 다른 여인이 협상하듯 물었다.
책임자: 확실하게 저희도… 지금은 뭐라 말씀드릴 수 없습니다. 그는 넥타이의 별을 손으로 누르며 대답했다.

사람들은 이제 변발 여인을 중심으로 이 공항을 점령하겠다는 듯이 자세를 정비하기 시작했다. 데스크를 포위하고 있던 그들은 원의 대형을 좁혔다. 좋아. 아주 좋아. 분노해야 해. 이런 공항은 없어져야해. 이곳은 활주로가 필요없는 곳이야. 티베트인들은 트럭이나 비행기를 요청한 적이 없거든. 권태롭지 않은 이 공항의

204 티베트에는 포탈라 궁이 없다

풍경이 마음에 들었다. 이런 상황이 계속되면 어떨까. 비행기는 오지 않고, 사람들은 기다리다 지쳐 분노하고, 바닥에 눕고, 텐트를 치고, 어디론가 전화를 하고, 마실 차(茶)를 준비하고, 한쪽에서는 싸움을 하고 그러다가 결국 청나라 군대가 나타나 이곳을 평정하는 장면 말이다. 내가 신나게 상상하고 있는 사이, 샀는지 아니면 선물을 받았는지 하얀 티베트 스카프를 목에 두른 중년의 남자가 나타났다.

오, 성하.
달라이 라마여!

그는 신고 있던 녹색의 샌들을 벗고 엄지발가락으로 발바닥을 몇 번 문지른 후 말을 덧붙였다.

포탈라궁으로!
제발, 집으로 돌아오세요!

그리고 가방에서 이미 준비된 듯, 너덜하지만 제법 넓은 박스 종이를 꺼내더니 자신이 방금 한 말을 적고 어깨 위로 들어 올려 공항을 돌아다니기 시작했다.

4

변발 여인: 저녁 식사는 언제 제공되죠?

책임자: 네에? 무전기를 가슴으로 올리며 책임자는 어리둥절했다.

변발 여인: 그건 공항의 기본입니다. 시간이 지연되고 있는데 식사
와 잠자리를 제공해야지요.

책임자: 알아보겠습니다. 그는 무전기를 입에 대며 어디론가 연락
하는 모습을 취했다.

그때 나는 그들의 대화를 듣고 변발의 여인을 바라보았다. 그녀
는 나를 등지고 있었지만 나는 개의치 않고 혼잣말을 했다.

저기 있잖아요, 만일 식사가 제공된다면, 짜장면이 되는지 물어
봐 주시겠어요. 만일 그게 여의치 않으면 얼큰한 삼선짬뽕도 괜
찮습니다.

당연하지만 변발 여인은 뒤돌아보지 않았다. 아쉽게도 나의 중
얼거림을 듣지 못한 모양이다. 탑승구에 몰려든 사람들은 더욱
늘어났고 나는 확성기나 나팔을 찾아 이곳을 상황을 대대적으로
알려야 하지 않나 하는 생각이 들었지만 언제나 그렇듯이 그렇
게 나서지는 않았다.

(목소리가 바뀐) 방송이 나온다.
알려드립니다.
저녁 식사를 배급합니다.
6번 탑승구 앞에서 줄을 서세요.

　사람들이 웅성거리며 모여들기 시작했다. 신기한 건, 생각보다
많은 사람이 공항 여기저기서 나타난다는 것이다. 어디서 숨어
있다가 나타나는지 마치 영화에서 나오는 좀비처럼 줄줄이 여기
저기서 허리를 뒤틀고 머리를 흔들며 몰려들었다. 사람들은 판다
가 대나무를 입에 물고 있고 흡족한 표정을 짓고 있는 라면과 중
국에서만 조립이 가능할 것 같은 주스를 받아들고 저마다의 자
리로 돌아갔다. 나는 가능하다면 혹시 라면과 주스를 짜장면과
요구르트로 바꾸어 줄 수 있는지 물어보고 싶었지만 거대한 박
스 안에서 라면을 꺼내는 공항 직원의 얼굴이 너무도 무거워 보여
감히 말하지 못하고 오히려 허리를 숙여 쉐쉐(謝謝: 감사합니다)까지
하며 받아들었다. 내가 두 손으로 라면과 주스를 받쳐 들고 돌아서
는데 변발 여인은 굳은 표정으로 책임자를 또 찾았다. 왜지? 혹시
그녀만이 받는 특혜가 있는 건 아닐까? 나는 그 자리에 서서 그녀
의 다음 행동을 기다렸다. 이번에는 제복의 왼쪽 가슴에 '건들면 죽
어'라고 이름이 선명히 박힌 다른 공항 직원이 뛰어왔다. 그도 역시
다섯 개의 붉은 별이 둥글고 사이좋게 모여있는 모양의 넥타이를

하고 있었다.

변발 여인: 이거 돈으로 환불해줘요.
건들면 죽어: 뭐라고요?
변발 여인: 이거요. 당신들이 준… 이 라면과 주스.
건들면 죽어: 이건 최고급의 라면과 주스입니다.
변발 여인: 필요 없어요. 환불해줘요. 여인은 손에 들고 있던 라면
      과 주스를 그 남자의 배꼽 쪽으로 내밀었다.

　책임자의 이름표 그러니까 '건들면 죽어'가 폴짝 허공으로 튀
어 올랐다. 그는 한 방 먹었다는 난처한 표정을 했는데 변발 연
인이 머리를 쓸며 노려보자 지금까지 이런 경우가 없어서 알아
보겠다고, 잠시 기다려 달라고, 허둥대며 또다시 그들만의 거대
한 무전기를 꺼내 어디론가 연락을 하는 듯했다. 변발 여인은 라
면과 주스를 자신의 발밑에 내려놓고 팔짱을 끼고 자리에서 서
서 기다렸다. 엄중하고 근엄한 표정이었다. 뒤에서 그 광경을 보
던 나는 만일 환불이 된다면 얼마로 환전해줄까, 그럼 나도 안
먹겠다고, 이 라면 봉지에 새겨진 판다의 표정이 마음에 들지 않
는다고 하면 어떨까 생각했다. 판다는 귀여워야 하는데 너무 지
저분하게 보인다고 트집을 잡아 나도 환불을 요청해볼까. 하지만
그러기에는 배가 너무 고팠고 사실 처음 보는 이 라면의 맛은 어
떨까 하는 궁금증이 들어 그냥 나의 자리로 돌아왔다.

　사람들은 비행기에서 가지고 내린 것으로 보이는 담요를 꺼내 허리와 어깨 위로 둘렀고 중국인들로 짐작되는 사람들은 바닥에 앉아 보온병을 꺼내며 시끄럽게 떠들기 시작했다. 이게 공항인지 전통시장인지 모를 정도로 열기로 가득했고 화기애애했다.

　오, 성하. 달라이 라마!
　어서 돌아와요. 당신의 집으로.

　발목까지 치렁치렁 내려오는 티베트 스카프를 두른 그 남자는 여전히 팻말을 높이 들고 맨발로 공항을 돌아다니고 있다. 수족관의 물고기처럼.

5

　할아버지가 물었다.
　몸의 중심이 어딘지 아시오?
　머리 아닌가요?
　아니오.
　그럼 배. 인가요? 나는 손가락으로 배꼽을 가리키며 말했다.
　거기도 아니지. 할아버지는 고개를 저었다.

그때 할아버지는 마치 자신이 평생 동안 수행하고 깨달은 화두를 나에게 물은 듯했다. 나는 그의 제자가 아닌데 말이다. 할아버지는 나의 얼굴을 물끄러미 바라보더니 작지만 울리는 목소리로 말했다.

이곳에 당신이 머문 것을 아무도 알면 안 된다오.
왜요? 할아버지.
이곳에서 당신은 아무것도 보지 못한거요.
왜요? 할아버지.
발각되면 어디론가 끌려가오.

그때, 할아버지는 본능도, 정서도, 욕구도 없는 하늘처럼, 깨끗하고 투명한 구름의 얼굴을 하고 있었다.

6

아늑한 밤이 되자, 공항은 더 넓어 보였고 공기는 어떤 경계를 넘어서 기분 전환을 하는 듯했다. 나는 라면을 먹고 포만감이 충만해 의자 옆 바닥에 누워 다리를 포갠 다음 한 발을 건들거리며 잠이 들었다. 그런데 좀 이상한 기분이 들어 일어나 앉아보니 어찌 된 일인지 사람들이 아무도 보이지 않았다. 내가 잠든 사이 그들은 어디서 새로운 공모라도 하고 있는 것일까. 아니면 비행기가 곧 이륙을 준비한다는 방송을 나만 못 들은 것일까. 눈썹과 이마를 손바닥으로 쓸며 일어나 앉아 주위를 두리번거렸다. 라면을 환불해 달라며 공항 책임자를 건드렸던 변발의 여인도 보이지 않는다. 그녀를 둘러싼 사람들도 어디론가 간 듯하다. 이상하다. 왜 나 혼자일까? 아무래도 걸으면서 사람들을 찾아보는 게 좋을 것 같았다. 나는 공항의 끝과 끝 그리고 화장실과 기념품 가게들을 살펴보면서 걸어 다녔다. 하지만 정말 아무도 보이지 않았다. 나를 두고 숨바꼭질을 하는 것일까. 만약 그렇다면 내가 술래라고 알려주어야 하지 않은가. 이건 반칙인데…. 시간이 지날수록 조롱당한다는 느낌이 들었고 무서워지기 시작했다. 모두가 어디로 간 것일까. 나는 빠른 걸음으로 걷다가 뛰기 시작했다. 등이 축축하도록 머리카락이 파도에 휩쓸리는 미역처럼 이쪽에서 저쪽으로 움직이도록 나는 공항을 정신없이 뛰어다녔다.

여기요. 아무도 없어요?

나는 고함을 질렀다. 공항 천장에 매달린 샹들리에가 휘청거릴 정도로 나의 목소리는 거대하고 컸지만 아무도 나타나지 않았다.

바닥에 주저앉아 뻐근한 가슴을 달래며 도대체 이건 무슨 상황
이지 하는데,

여기, 여기요!
이리로 와요. 우리가 마지막이에요.

한 여인이 맞은편에서 팔을 치켜들어 나에게 손짓하는 것이
아닌가. 나는 벌떡 일어나 소리가 나는 그 여인 쪽을 쳐다봤다.
분명하다. 키가 훌쭉한 여인이 이쪽을 보고 손을 들고 있다. 나는
그쪽으로 뛰어갔다. 그런데 내가 방향을 잡고 뛰기 시작하자 이
상하게 내 눈이 닿는 곳마다 빛은 어둠으로, 컬러의 색은 모두
회색으로 변하기 시작했다. 뭔가 잘못된 게 틀림없다고 느꼈지만
별수 없었다. 무엇을 해야 할지, 어디로 가야 할지, 어디서 항의
해야 할지 알지 못했다. 다행히 그녀는 여전히 나를 향해 손을
들고 서 있었고 그건 마치 자신 쪽으로 지금 오지 않으면 영영
비행기를 탈 수 없을 거라는 신호 같았다. 가까워질수록 손을 들
고 있던 여인은 아니나 다를까 변발 여인으로 보였는데 내가 거
의 다가갔을 무렵, 그녀는 자신의 등 뒤에 있는 문 안쪽으로 들
어갔다. 그것은 마치 나를 유인하는 모습으로 느껴졌다. 문 안쪽
에는 무엇이 있을까? 궁금했지만 무섭기도 해서 두리번거리고 있
는데 갑자기 변발의 여인이 문을 열고 얼굴을 내밀며 추궁하듯

말한다.

뭐 하는 거예요. 어서요.

그러더니 그녀는 다시 문 안쪽으로 들어가 버렸다. 그녀의 양
갈래 머리카락이 허공으로 잠시 올랐다가 서로 부딪칠 듯 가라
앉는다.

7

안은 어두웠다. 그곳은 비행기를 타기 위한 통로가 아니라 텅
빈 체육관 같았다. 변발의 여인은 나를 기다리지 않고, 심지어 지
금의 상황을 설명하지 않고, 또 어디론가 사라졌다. 나는 덜컥 겁
이 나서 다시 밖으로 나갈 요량으로 몸을 돌렸다. 그때 엄청 빠
른 속도로 어떤 형체가 내 앞을 뛰어가는 것이 보였다. 저걸 따
라가면 뭐가 있겠다는 생각이 들어 그 형체가 지나간 방향으로
몸을 돌려 눈을 동그랗게 떴다. 그런데 앞쪽에 덩그러니 책상 하
나가 눈에 띄었다. 그건 올림픽에서 체조선수들이 달음박질하여
두 손을 짚고 허공에서 몇 바퀴 돌아 착지하고 갈비뼈가 보이도

록 두 손을 높이 쳐드는 그리고 잇몸이 보이도록 웃는 경기, 도마 경기의 도약대 같았다. 그것을 보자 나는 갑자기 흥분되어 그곳으로 뛰어가고 싶었다. 저걸 짚고 공중에서 나도 회전해 보면 어떨까. 오만한 생기가 돌았다. 잠시 숨을 고르며 주위를 둘러보았다. 마치 엄정한 심판원들이 숨어서 나를 보고 있다는 생각이 들었다.

맨발이어야 한다. 그래야 발바닥의 촉감을 느낄 수 있다. 신발을 벗고 착 하고 두 발을 마주 붙였다. 가슴을 앞으로 내밀며 한 손을 귀에 붙여 높이 들며 어둠 속에서 나를 훔쳐보는 심판원들에게 신호를 주었다. 이제 내가 뛰어 저걸 짚고 공중에서 우아하게 회전할게요. 잘 보세요. 그 순간 나의 몸은 어느새 뛰기 시작했고 도마 경기를 하는 선수들이 입는 몸에 바짝 달라붙는 가슴과 허벅지 사이의 그것의 윤곽이 얼추 드러나도록 제작된 그런 규격의 옷을 입고 있는 듯한 착각이 들었다. 제지할 수 없는 어떤 느낌이 나를 부추겼다. 나는 힘을 다해 뛰기 시작했다. 볼록 솟아난, 귀여운 언덕 같은 저 도마를 짚고 허공으로 탁 하고 뛰어 올라야 한다. 도움닫기의 최적화를 위해 나는 허리에서 두 손을 바삐 움직이며 두 발을 탁탁거리며 뛰었다. 도마가 시야에 들어온다. 탁. 구름판을 힘차고 딛는다. 두 손을 활기차게 뻗어 도마를 집고 훌륭하게 공중으로 솟아올랐다. 허리를 뒤틀었다. 두 손은 가슴에 붙이고 다리는 곧게 발가락을 붙이고 얼굴은 최대한 밝은 표정으로 공중에서 세 바퀴를 뒤틀었고 내려오는 순간 반 바퀴를 더 돌았다. 그래야 심판들이 환호하고 박수를 치며, 그 숨겨둔 얼굴을 드러낼 것 아닌가. 허리는 생각보다 유연했고 허공에서 거꾸로인 몸의 느낌은 좋았다. 착지도 하기 전에 이건 최고야! 하는 생각이 든 것은 공중에서 허리를 뒤틀고 최고 정점에 올랐을 때, 드디어 드러난 심사위원들의 표정을 보았기 때문이다. 네 명이었다. 남자 셋, 여자 하나. 세 명은 경이롭다는 표정으로 감탄하고 있었고 나머지 한 명은 손으로 입을 막고 있었다. 됐어. 바로 이거야! 나는 이제 세상에서 제일 높은 설원의 공항에서 도마의 일등이 되는 거야. 이제 중심이 흔들리지 않는 안정적인 착지만 하면 되는 거야. 그때 내가 희미한 미소를 지으며 두 다리를 바닥으로 이동하려는 순간 무언가 빠른 동작으로 내가 착지할 그곳으로 뛰어오는 것이 보였다. 그건 좀 전에 역시 빠른 동작으로 어디론가 뛰어가던 그것과 같은 형체였다. 나는 눈을 집중하며 착지할 바닥을 확인했는데 거기에는 내가 땅에 떨어지기를 고대하며 자신의 사랑스런 아기를 받으려는 듯 캥거루가 배 앞쪽의 자루를 벌리고 있었다. 밀가루 포대 자루를 연상시키는 캥거루의 앞주머니는 공간이 넓어 보였으며 안으로 들어가면 포근할 것 같았다. 내가 허공에서 생각하는 사이 나의 두 다리는 이미 크게 벌어진 자루로 돌진하고 있었는데 나는 그 순간 하늘 사원에서 만난 라마승 할아버지의 말이 떠올랐다. 몸의 중심이 어딘지 아시오?

8

다리가 저려 눈을 떠보니 비행기가 이륙한다는 방송이 반복되고 있었다. 사람들은 언제 그랬느냐는 듯이 공항에 어울리는 들뜨고 명랑한 표정으로 탑승구 쪽으로 몰려가고 있었다. 비행기 티켓과 여권을 확인하는 승무원들의 얼굴도 밝아 보였다. 드디어 내려가는군. 나는 못마땅한 하품을 연달아 하며 입에 손을 가져 갔는데 허연 침이 흘러내려 턱에서 굳었는지 껄끄러운 그 무엇이 느껴졌다. 몸이 욱신거리며 죄이는 느낌이 들어 다시 누웠다. 이륙하려면 아직 시간이 좀 있을 거야. 나는 오른팔을 올려 두 눈을 가리고 약간의 신음 소리를 내며 조금 전의 꿈을 생각했다. 몇 분의 시간이 흘렀을까, 신경을 거슬리게 하는 구두 소리가 들려왔지만 저 오만한 발걸음은 나와 무관한 것이라 무시했다. 잠시라도 잠을 더 자야겠다고 생각했다. 그런데 얼마 지나지 않아 누군가가 나를 내려다보고 있음이 느껴졌다. 공항 청소부인가?

나는 여전히 눈과 이마를 덮은 이불 같은 나의 팔등을 풀지 않고 신음 소리를 냈다. 그러다가 누군가의 얼굴이 그러니까 타인의 몸이 나의 얼굴에 가까이 다가와 있다는 걸 알아챈 건 상대방의 작지만 강한 숨소리와 입 냄새 때문이었다.

　선허쯔우. 선생이신가요?

　위쪽에서 입 냄새가 내려와 나의 콧구멍으로 들어왔다. 고구마에 들기름을 바른 냄새랄까. 이름을 정확히 부르는 바람에 할 수 없이 나는 얼굴을 감싼 팔등을 내렸다. 허리를 반이나 접어 나를 유심히 내려다보는 그들은 두 명이었다.

　선허쯔우, 맞죠?

　그들은 결국 찾았다는 듯이 서로를 보며 자신들만 아는 신호를 주고받는 미소를 지었는데 그중 한 사람은 귀 옆으로 구레나룻가 보기 싫게 늘어진 땅딸보였고 그 옆에서 서 있는 다른 남자는 배불뚝이에다 머리틸이 뻣뻣한 중년의 느낌이었다. 럭비공이 들어간 듯한 배불뚝이는 가죽으로 된 청동색 코트를 입고 있었다. 코트는 무거워 보였는데 가슴 부분에 주름이 잡혀있고 물결치는 모양이었다. 얼핏 보면 그 둘은 크리스마스 때마다 방영해

주는 <나 홀로 집에>에 나오는 두 명의 얼간이 도둑과 비슷한 용모였다.

여권과 가방. 확인할게요. 배불뚝이가 배를 내밀며 말했다.

여권이요? 그때서야 나는 상황이 온전하지 않음을 직감하고 얼른 일어나 고쳐 앉으며 되물었다.

잠깐이면 됩니다. 땅딸보가 두 손을 모아 입김을 호호 불며 말한다.

곧 비행기를 타야 하는데요? 나는 배낭을 끌어당기며 말했다.

이미 알고 있어. 배불뚝이가 구두로 내가 앉아있는 의자를 톡 치며 불량스럽게 말한다.

배불뚝이는 여권을 들여다보고, 땅딸보는 내 배낭을 뒤진다.

땅딸보: 이건 뭐지?

나: 그건, 흙입니다.

배불뚝이: 흙?

땅딸보: 어디 흙?

황갈색 종이에 말려있던 흙냄새를 그들은 번갈아 맡아보더니 확신한다는 듯한, 흡족한 표정을 지었는데 나는 그런 그들의 표정이 마음에 들지 않았다. 그들은 잠시 서서 나를 체포하러 왔다는 듯, 기쁘고 환한 얼굴을 하며 주머니 안에서 무얼 만지작거렸는데 아무래도 그것은 수갑이 아닌가 하는 생각이 들었다.

땅딸보가 공항 밖으로 나가는 문 입구를 쳐다보더니 누군가에게 손짓을 보냈다. 저건 마침내 나를 찾았다는 신호 같았다. 그러니 어서 준비하라는 표시 같았다. 저쪽, 문 입구에서 누군가가 손을 드는 것이 보였다. 그 둘은 아무 말도 하지 않고 내가 스스로 일어서기를 기다리는 듯했는데, 둘 다 표정이 도망치던 오소리를 잡은 사냥꾼 같았다.

밖으로 조용히 나가지!

배불뚝이가 중절모를 눌러쓰며 반말로 나에게 권했다. 밤새 잠을 설친 나에게 이렇게 무례하게 굴다니. 우선 당신들의 신분증을 보자고 하려 했으나 땅딸보가 안주머니에 손을 넣는 것을 보고 나는 말을 하지 못하고 바로 일어섰다.

어디로 가는 건가요?

나는 다소 애처롭게 물었으나 둘 중 어느 하나도 친절하게 설명해 주지 않았고 나를 거의 밀다시피 아니 끌다시피 공항 밖으로 인도했다. 그들의 행동으로 보아, 으스대길 좋아하는 사복경찰이거나 공안 같았다. 그들의 요구대로 내가 일어서자 그 둘은 내 양옆으로 바짝 밀착했는데 그때 문득 개구리가 군화에 밟히는 장면이 머리에 스쳐 갔다. 기분이 오싹했다. 이곳은 아직 새벽임에도 불구하고 그들의 귀와 코는 벌겋게 달아올라 있었고 오랫동안 숨겨져 있던 보물을 찾은 아이처럼 감격하며 울 것 같은 표정을 지었다. 그들의 달아오른 표정을 보자 나의 기분은 시무룩해졌다. 다행히도 그 둘은 서로 볼에 입을 맞추거나 등을 맞대고 업어주는 민망한 짓은 하지 않았다. 그들은 나를 사이에 두고 걸어갔는데 나는 부드럽게 호위된다는 느낌보다는 끌려간다는 느낌이 들었다. 왼쪽의 땅딸보는 동의도 없이 나의 여권을 자신의 안주머니에 넣었고 오른쪽의 배불뚝이는 엄중한 태도로 모자를 꾹 누르며 주위를 흘긋거렸다. 공항 밖으로 가까워질수록 그들은 사냥에 성공한 사냥꾼들처럼 만족하는 표정이 역력했다.

9

본능적으로 마지막이라는 슬픈 기분이 들어 나는 공항을 다시한번 천천히 둘러보았다. A-24 탑승구 앞을 지나쳐 간다. 갈색선글라스를 벗어 가슴골에 낀 여인과 변발 여인이 보인다. 저 변발의 여인은 세상에서 제일 높은 곳에 존재하고 있는 이 공항을 향해서 끝내 자신의 말을 타고 창을 겨누지 않았다. 그건 좀 아쉬웠다. 그녀들은 앞뒤로 서서 이야기하며 웃고 있었다.

> 눈이 좀 부었네요. 비행기에 들어가면 와인을 좀 마시고 담요를 덮
> 고 좀 자도록 해요. 선글라스를 만지작거리던 여인이 뒤를 돌아보
> 며 말했다.
> 아니, 그보다는 차가운 물수건을 눈에 지그시 대고 있으면 도움이
> 될 거예요. 꾹 눌러줘도 괜찮답니다. 변발 여인이 응수했다.
> 고마워요. 휴. 이제야 내려가네요.
> 그러게요. 이곳은 다시는 못 올 것 같아요.

그녀들의 비대한 엉덩이들이 기쁘게 실룩거리고 있었다. 그들
은 평화로운 대화를 나누었는데 아쉽게도 그들 틈에 나는 없었
다. 그녀들의 곁을 스쳐 지나며 나는 공항 전체의 냄새를, 탑승구
에 기쁘게 서 있는 그녀들의 냄새를 최대한 맡으려 배에 힘을 주
었다. 아무래도 그래야만 할 것 같았다. 지금 밖으로 나가면 다시
는 이곳에 돌아오지 못할 것 같은 어떤 서늘한 느낌이 들었기 때
문이다.

공항 밖으로 나오자 건장한 남자가 기다리고 있었다. 그는 검
은 장갑을 끼고 뒷짐을 지고 있었는데 용모는 땅딸보와 배불뚝
이를 섞어놓은 듯했다. 나는 푸르스름한 새벽 공기를 허파 가득
들이마시며 그를 외면했다. 비슷한 안색, 비슷한 이중 턱, 볼록한
배, 심지어 쳐다보는 눈빛까지 닮아 있었다. 그들은 서로들 잘 아

는 표정을 지었고 악수를 했다.

시동 걸지!

땅딸보가 오른쪽 뺨에 그려진 갈색 점을 문지르며 말하자 그는 장갑을 벗으며 주머니에서 차 열쇠를 꺼냈다. 그러면서 나를 보며 윙크를 했는데 그 윙크는 왠지 호된 따귀를 맞은 것처럼 얼얼했다.

저기, 어디로 가는 건가요?

그들은 역시 대답하지 않았고 오히려 양쪽에서 내 갈비뼈 쪽으로 강하게 밀착했다. 혹시 길에 나온 청소부가 보면 마치 의리 있는 삼형제가 오랜만에 목욕탕이라도 가는 것처럼 말이다. 내가 다시 한 번,

거참, 우리가 어디론가 가야 한다고 정중하게 알려주어야 하지 않나요?

하려는 순간, 그들의 대화를 듣고 나는 입을 다물 수 밖에 없었다.

땅딸보: 오랜만에 가는군.

배불뚝이: 그러게.

땅딸보: 그때는 어린 라마승 한 놈을 잡아갔지.

배불뚝이: 그랬지. 그 협곡으로 말이야.

심혁주 ────────────────────────────────────

대만국립정치대학교 티베트학 박사.
현 한림대학교 한림과학원 연구교수.

언제부터인가 나에게 책은 티베트의 소리와 냄새가 되었다. 그것들을 바라보고 있
으면 만물은 서로 연결되어 있다는 생각을 한다. 고원에서 녹아 내려온 성스러운
물은 인간, 도시, 산맥, 초원, 사막, 숲, 습지 그리고 외면받는 동물들에게도 연결되
고 영향을 미친다. 나를 포함한 지구의 어떤 인간도 티베트에 올라가지 않는 그날
을 생각한다.

대표저서
· 〈소리와 그 소리에 관한 기이한 이야기〉(궁리 출판사, 2019)
· 〈냄새와 그 냄새에 관한 기묘한 이야기〉(궁리 출판사, 2021)

이 논문 또는 저서는 2018년 대한민국 교육부와 한국연구재단의
지원을 받아 수행된 연구임(NRF-2018S1A6A3A01022568)

티베트에는
포탈라 궁이 없다

초판인쇄 2021년 4월 8일
초판발행 2021년 4월 8일

지은이 심혁주
펴낸이 채종준
펴낸곳 한국학술정보㈜
주소 경기도 파주시 회동길 230(문발동)
전화 031) 908-3181(대표)
팩스 031) 908-3189
홈페이지 http://ebook.kstudy.com
전자우편 출판사업부 publish@kstudy.com
등록 제일산-115호(2000. 6. 19)

ISBN 979-11-6603-396-4 02810